溺愛社長と美味しい約束

安曇ひかる

幻冬舎ルチル文庫

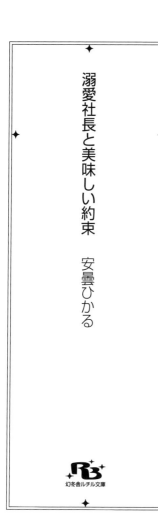

CONTENTS ✦目次✦

溺愛社長と美味しい約束

✦イラスト・鈴倉 温

✦カバーデザイン＝chiaki-k（コガモデザイン）
✦ブックデザイン＝まるか工房

溺愛社長と美味しい約束

キッチンテーブルに乗せた三脚にしっかりとカメラを固定し、録画スイッチを押す。RECボタンが赤く点灯しているのを確認しながら、心のスイッチもオンにする。いつものように大きく息を吸い込むと、冬馬《とうま》は左右の口角をきゅっと上げた。

「こんばんは〜、トウリスです。『ドンと来い！　貧乏飯』、今日も元気に行ってみましょう！」

顔出しはしていないが、表情が暗いと声も暗くなると他のユーチューバーが言っていたので、動画撮影の際は普段の二割増しのテンションで喋《しゃべ》るように心がけている。

「では早速始めていきます。今日はですね、今まで紹介してきた中でも結構凝っているというか、かーなーり、自信あるレシピです」

喋りながら、レンズの前に本日の素材を持っていく。

「おいしい棒・エビマヨ味。これでエビマヨクリームパスタを作っていきます。パスタって言ってもいつもの冷凍うどんですけどね。他に用意するものは牛乳。以上です。生クリームとかベーコンとかある方は入れても美味《おい》しいですけど、入れなくても全然大丈夫です。おれはおいしい棒のダシのパワーを信じているので、あえて入れませ〜ん」

あえても何も、本当は生クリームやベーコンが高くて買えないだけなのだが、視聴者はみなトウリスが貧乏学生だと知っているので、温かいツッコミのコメントをくれる。

「ではいつものように袋のまんま、おいしい棒を砕きます。今日は五袋くらいかな」

テーブルの上のおいしい棒をグーでバンバン叩《たた》き潰《つぶ》していく。【ああ、おいしい棒になんてことを】【可愛《かわい》い声なのに容赦なさすぎ】【おいしい棒に前世で何かされたのか】と、笑いを取ることができるお決まりの演出だ。

「あ、そういえば前回の牛タン味ピラフの動画に『作ってみたけど味が薄い』ってコメントを何件かいただいたんですけど、おいしい棒の袋の内側に残った粉を、指できれいにこそげ取って入れると、味が濃くなるしうま味も増します。これ、豆知識ね」

おいしい棒の美味しい部分は、袋の内側にかなり残ってしまっていることを、二年間の研究で冬馬は知っている。【作ってみました】【めっちゃ簡単やった】【想像よりは美味しかったです（笑）】などなど、視聴者からの様々なコメントを読むことが今の冬馬の生きがいだ。

仙台市内にある大学の経済学部に籍を置く梁瀬《やなせ》冬馬は、キャンパスから十キロほど北にある住宅街のアパートで暮らしている。大学合格を機に十八年間育った東京を離れ、縁もゆかりもない東北の地でひとり暮らしを始めて、間もなく三度目の夏を迎える。

自宅生でない学生のほとんどは実家からの仕送りを受けているが、幼い頃に両親を亡くし遠縁の親戚の家や児童養護施設で育った冬馬に、仕送りなどというものはない。奨学金を満額借りた上に昼は家庭教師、夜は居酒屋と、常にいくつかのアルバイトを掛け持ちして、学費や生活費をどうにか賄《まかな》っている。もちろん長期の休みには割のいい単発のバイトもじゃんじゃん入れる。

そんなギリギリの生活だからサークル活動など参加できるはずもなく、友人から飲みに誘われても五回に四回は断らなくてはならない。「贅沢《ぜいたく》は敵」と己に言い聞かせつつ入学から半年が過ぎたある日のことだった。バイト先の同僚から思わぬ話を耳にした。

『ユーチューバー？　お前が？』

『うん。ゲームの実況がメインなんだけど、家電買い替えた時とか、開封動画上げたりしてるんだ』

必要のない時はほとんどスマホを手にしない冬馬は、棚のカップ麺を補充しながら『ふうん』と気の抜けた返事をしたのだが。

『もう二年くらいやってるんだけど、最近になってチャンネル登録数がぐっと伸びてきてさ』

『へえ』

『ちょっとした小遣い稼ぎになってる』

小遣い稼ぎ。

そのひと言が、明るく逞《たくま》しく前向きな守銭奴《しゅせんど》を自負する冬馬の琴線をビビッと刺激した。

『儲《もう》かるのか、ユーチューバーって』

『小遣い程度だって言ったろ』

『だから小遣いくらいにはなるんだろ？　どうやったら稼げるの？　ていうかユーチューバーって誰でもなれるの？』

突然瞳を輝かせてぐいぐい迫る冬馬に、同僚は若干困惑気味にユーチューバーについての基本的知識を伝授してくれた。

特別な資格は必要なく、大学とバイトを両立させながら、夜のちょっとした時間に動画を撮るだけで小遣いが稼げるらしい。稼ぎはピンキリとはいえこんな美味しい話があるだろうか。冬馬はすぐにユーチューバーになることを決意したのだった。

最大の難関は初期投資だった。動画撮影用のカメラや三脚、マイクやライトといった機材を一式用意する資金を、極貧学生の冬馬が用意できるはずもなかった。どうにか安く手に入らないかと画策していると、件《くだん》の同僚が『周辺機器をまるっと新調することにしたから』と景気のいいことを言い出し、それまで使用していた機材一式を破格の値段で譲ってくれた。おかげで大きな出費は中古のパソコン一台分で済んだ。

次の問題はどんな内容のチャンネルにするかということだった。ゲームもやらない、家電の買い替えなど考えたこともない冬馬は、数日間悩みに悩んだ末、自分が普段食べている極貧激安レシピを紹介することにした。

『ドンと来い！　貧乏飯』と題したチャンネルで、冬馬はトウリスと名乗っている。散々悩んだ結果、子供の頃のあだ名を使うことにしたのだ。

男としては若干頼りないほっそりとしたシルエットに、ひょろりと長い手足。手首や足首も細く、特に首などはその中央にあるささやかな喉仏がなければ、女性と勘違いされそうなほど華奢《きゃしゃ》だ。くりっとした大きな瞳と小ぶりな口元は小動物を連想させるらしく、子供の頃の一時期を過ごした友達に『お前、馬っていうよりリスっぽい。冬馬じゃなくて冬リス？』とつけられたあだ名がトウリスだった。

十年近くも前のあだ名だが、実は結構気に入っている。二年間ほぼ週に二回のペースで「こんばんは〜、トウリスです。『ドンと来い！　貧乏飯』、今日も元気に行ってみましょう！」なんてやっているうちに、今ではすっかりその名前が舌に馴染《なじ》んだ。

チャンネル開設から二年で登録者数は一万人弱。未《いま》だ小遣い以上の実入りはないが、二の次だったはずの「やりがい」がどんどん膨らんできている今日この頃だ。

トウリスの得意ジャンルはスナック菓子を使った料理だ。他に使用する食材といえば冷凍うどんやインスタント麺くらいで、野菜はもやし一択。それも近所のスーパーマーケットの特売でゲットする一袋八円のものしか使わない。

スナック菓子の中でも日本人なら誰でも知っているおいしい棒という一本十円の駄菓子を使ったレシピは人気が高く、再生回数も伸びる。今夜紹介したエビマヨクリームパスタは、砕いたおいしい棒・エビマヨ味と牛乳を鍋で煮て、とろみがついてきたら茹《ゆ》でた冷凍うどんを投入するだけの超お手軽メニューだ。冷凍うどんひと玉とおいしい棒（五本分）、それに牛乳を少々。しめて約八十円で完成するのだからコスパは最高だ。

こうしたレシピのほとんどは、動画のために考案したわけではない。冬馬は元々野菜が嫌いだし、肉や魚は高くて手を出せない。日々の食生活を支えているのは、値段が安く味のレパートリーも豊富なスナック菓子だ。ポテチを砕いておにぎりの具にしたり、ポップコーンを味噌汁《みそしる》に浮かべてみたりという、赤貧生活が生んだレシピの数々がチャンネルを支えているのだ。

「あとですね、野菜入れたらもっと美味しくなるのに～ってコメント、未だにいただくんですけど、おれ野菜全般苦手なんですよね。開設当初から繰り返し伝えているにもかかわらず、野菜推しのコメントが後を絶たない。由々しき問題です」

クスクスと笑いながら、おいしい棒の粉を鍋に入れていく。

「人参《にんじん》なんて硬いだけだし、ピーマンは苦いだけだし、玉ねぎは切ると涙出るし、キャベツは無駄に重いし。野菜食う人の気が知れません。もういっそのこと、野菜嫌い系ユーチューバーとか名乗っちゃおうかな」

軽快なしゃべりを交えながらの調理は、ものの十分で終わった。

【エビマヨクリームパスタ美味しそう～。私は生クリーム入れる派かな（笑）】

【ベーコンすら入れない潔さ。それこそがトウリスクオリティｗｗ】

動画を編集してアップすると、早速コメントが入った。ひとつひとつのコメントに返信をするのも楽しみのひとつだ。

【トウリスくん今日も指が細くてセクシー♥　イケメンの予感しかしないんですけど】

【背中しか見せてくれないなんてどんな寸止め！　顔出し希望！】

またか、と冬馬は苦笑する。動画をアップすると、必ずと言っていいほど冬馬のルックスに関するコメントが入る。顔は出さず、映すのは常に手元だけ。ごくたまにバックシルエットを映そうものなら【トウリスくんの背中にハァハァ】などといったコメントが乱れ飛ぶ。

あまりにリクエストが多いので、いっそ顔出しをしようかと考えたこともあった。そうすればうっかり映り込んでしまった顔をスタンプで隠す作業も必要なくなるし、もっともっと自由に動画を作れる。

けれど少し考えて、やっぱりよそうと思った。貧乏を恥じたことはないけれど、大学のキャンパスでうっかり誰かに「『ドンと来い！　貧乏飯』のトウリスって梁瀬くんだったんだね」なんて声をかけられたらやっぱりちょっと恥ずかしい。『男子大学生のお手軽オシャレ飯』とか、もっと無難なチャンネル名にすればよかったかなと、ちょっぴり後悔したことは内緒だ。

「でもおれの料理、お世辞にもオシャレとは言えないしな。うそはいけない。さて、そろそろ店じまいにするか」

コメントに返信しているといつも深夜になってしまう。明日は一限目があるからいい加減布団に入ろうとパソコンを閉じようとした時、またひとつ新しいコメントが入った。

【貧乏で野菜買えないだけだろｗｗ】

予想通りのコメントに、冬馬はにやりとする。

【図星ぐさぐさです（出血多量）】

失礼なコメントにも常に大人な対応を心掛けている。

確かに野菜は全般的に高いが、お買い得になっていても買うつもりはない。野菜を上手に料理するユーチューバーはたくさんいるが、おいしい棒を始めとしたスナック菓子の料理をここまで極めているユーチューバーは、冬馬の知る限り他にいない。この世界、何かに特化しないと生き残っていけないのだ。

などと考えていると、また一件コメントが入った。

【そんな食生活だからあんたガリガリなんじゃないの？　スナック菓子が飯とかありえないし。栄養偏りすぎだろ】

冬馬はきゅっと眉根を寄せた。この手のコメントは定期的に入る。ツッコミどころ満載のトウリスのレシピを批判的に見ているのだろう。

――確かに本物の料理人が見たら、卒倒しそうなレシピばっかりだもんな。

【ご心配いただきありがとうございます。ご不快な思いをさせたらごめんなさい。みなさんに楽しんでいただける動画を撮れるよう精進しますっ！】

大人な返信をしてパソコンを閉じた。

「ガリガリで悪かったな」

自覚があるだけにちょっと痛い。子供の頃からどれだけ食べても太らない体質ではあったが、それにしても最近とみに痩せてきている気がする。特にこの数ヶ月は常に貧血っぽく、家でも大学でもちょくちょく立ちくらみを起こす。講義が終わって立ち上がろうとした瞬間、目の前がザーッと砂嵐になることもしばしばだ。

肌の調子もすこぶる悪く、なんだか皮膚がカサカサしている。こまめにハンドクリームを塗っているので視聴者には気づかれていないようだが、手指の荒れもひどい。おまけに時々お腹《なか》を下してしまう。

「健康には自信あったんだけどなあ。年かな」

二十歳《はたち》とは思えない弱音を吐きながらベッドに横たわる。

「でもま、立ちくらみと肌荒れくらい、どうってことないよな」

肌荒れで死んだなんて話は聞いたことがない。まだ若いのだからちょっと体調が悪いくらいでめげてなどいられない。いつの日かカリスマユーチューバーへのし上がっていきたいと、果てなき野望を抱《いだ》いているのだから。

『カリスマユーチューバーにおれはなる、ってか？　まあ夢はでっかい方がいいけどな』

親友の藍沢優也《あいざわゆうや》は、いつもそう言って冬馬をからかう。

『でも冬馬、カリスマにのし上がれなかったらどうすんだよ』

『そん時はまあ……そん時だ』

『暢気《のんき》だなあ。ユーチューブもいいけど人生どう転ぶかわかんないんだから、大学はちゃんと卒業しろよ』

『わかってるって。だから必死こいて毎日バイトしてるんじゃん』

優也の前では貧乏を隠さなくていいので気が楽だ。なぜなら彼も、冬馬と同じくらい貧乏だからだ。

『しっかし、毎日毎日バイトしても年金すら払えないんだから、世知辛い世の中だよな』

優也のため息に、冬馬も『だよなあ』と頷《うなず》く。

『おれ、カリスマユーチューバーになれなかったら政治家になるわ』

『はあ?』

『総理大臣になって年金の仕組み変える』

『年金の仕組み変えるのは、総理大臣じゃなくて厚生労働大臣だろ。てか将来の夢がカリスマユーチューバーか総理大臣って、お前は小学三年生か』

優也には爆笑されたけれど、冬馬はわりと真剣だ。

電気や水道を止められる恐怖に震えている総理大臣なんて、少なくとも日本では聞いたことがない。古々米なんて食べたことがないだろうし、秋にはつやつやの新米をたらふく食べているに違いない。ベーコンだって生クリームだって山ほど買える。生まれてこの方一度も口にしたことのない、キャビアだのフォアグラだのといった夢の高級品もきっと食べ放題だ。

カリスマユーチューバーと政治家。どちらも現実味のない職業ランキングではかなり上位に来そうだが、志は高い方がいいに決まっている。夢はいくら見たってタダだ。

「総理大臣って毎日何食べてんだろ。おいしい棒とか知らないんだろうな」

別世界すぎて想像力が及ばない。キャビアとフォアグラを頬張る自分を目蓋《まぶた》に浮かべながら、冬馬はあっという間に眠りの淵《ふち》へと落ちていった。


「梁瀬、政治学休講だってさ」

翌朝キャンパスを歩いていると、同じクラスの学生がすれ違いざまに声をかけてきた。

「うそ、マジで？」

急いでスマホで大学のホームページを確認すると、確かに一限目の政治学に休講の印がついていた。

「……んだよぉ」

朝一番の講義に出席するために、どれほど頑張って布団を這《は》い出したと思っているのだ。家を出る時に確認すればよかったと、冬馬は舌打ちしながら近くのベンチに腰を下ろした。

このところ朝の目覚めがよくない。以前は目覚まし時計などセットしなくても朝になれば自然に目が覚めたのに、最近は耳元でアラームが鳴っていても身体《からだ》が動かない。そんな状態を押して一限目に駆けつけたというのに休講とは。

「ついてないな」

傍らに置いたバッグに手を掛けた時だ。ベンチ脇の地面に、キラリと光る何かが見えた。

「おっ」

明るい守銭奴・冬馬の瞳が直ちにそれをロックオンする。百円玉だった。

摘《つ》まみ上げた百円玉を見つめ、冬馬はにんまりと微笑《ほほえ》んだ。経験上、硬貨はひとつだけでなく複数まとまって落ちていることが多い。付近を探せばきっと他にも落ちているはずだ。

——前言撤回。今日は朝から超ついてるぞ。

意気込んで立ち上がった時だ。目の前がザーッと暗くなった。同時に膝から力が抜け、冬馬は今座っていたベンチの上に崩れ落ちた。

立ちくらみを起こすのは珍しくない。いつものように回復するのをじっと待っていたのだが、今日はなぜかなかなか視界が戻ってこない。それどころかだんだん耳鳴りがひどくなり、吐き気までしてきた。

——ヤバイ……かも。

徐々に呼吸が苦しくなり、意識が遠のいていく。

「誰、か……」

意識が途切れる直前、ふわりと身体が浮いた気がした。

目を覚ました時、冬馬は見知らぬ部屋でベッドに寝かされていた。

「気がついた？　気分はどう？」

白衣の女性が、冬馬の顔を覗《のぞ》き込んだ。

「あの……」

「ここは医務室よ。私は校医の伊藤《いとう》です。ごめん、勝手に学生証見せてもらったわ。経済三年の梁瀬くんね？」

「……はい」

「D棟の横のベンチで倒れたの、覚えてる？」

「倒れた…………あ」

記憶が巻き戻るのにさほど時間はかからなかった。

「頭打ったりはしていないみたいだけど、何か持病は？」

「特にありません。多分立ちくらみのひどいやつだと思います」

時々起きるのだと言うと、伊藤は心配そうに眉根を寄せた。

「多分きみ栄養失調よ。ちゃんとご飯食べてる？」

「一……応」

こういう時のうそはあまり得意ではない。伊藤はハッと短く嘆息した。

「ここで説教する気はないけど、一度きちんと病院で診てもらうようにね」

冬馬は「はい」と頷きゆっくりと起き上がった。

「ご迷惑おかけして申し訳ありません。ありがとうございました」

「お礼なら私じゃなくて、綿谷《わたや》さんに言いなさい」

伊藤はそう言って、冬馬の背後に視線をやった。

「綿谷、さん？」

振り返ると、背後の空きベッドに三十代半ばくらいの男性が腰かけていた。冬馬は初めてこの部屋に自分と伊藤以外の人間がいたことに気づいた。

男性の名前は綿谷聡史《さとし》。農学部の外部講師として月に一度このキャンパスを訪れているのだと、伊藤が教えてくれた。

「ベンチに倒れ込んでいたきみをここへ運んでくれたの。目を覚ますまで心配だからってつき添ってくれていたのよ」

「ひとまず大事に至らなくてよかったね」

おっとりとした口調でそう言いながら、聡史がベッドから立ち上がった。

どんな人生を歩むとこんなに穏やかな表情ができるのだろうと首を傾《かし》げたくなるほど柔和な目が、真《ま》っ直《す》ぐ冬馬を見つめている。すーっと通った鼻筋、少し厚めの唇、ひとつひとつのパーツが計算されたように配置されているのに、決して人工的な感じはしない。上品な表情からは、大人の男の余裕のようなものが感じられた。

身長は百八十センチくらいだろうか。上質そうな濃紺のスーツが、細身だが均整の取れた体躯《たいく》を引き立てている。発育不良の少年のように頼りない冬馬とはまったく違う、見事に完成された身体つきだった。

——これが本物のイケメン……。

それが聡史に対する第一印象だった。【バックシルエットがイケメンっぽい】というコメントに、内心ちょっとだけいい気分になっていた自分が恥ずかしくなる。

「あの……あ、ありがとうございました」

もっとちゃんとお礼を言わなければと思うのに、あまりにも完璧なルックスに気圧《けお》されドギマギしてしまう。

「キャンパスを歩いていたら、突然目の前のベンチできみがふら〜っと……びっくりしたよ」

「……ご迷惑をおかけしました」

縮こまる冬馬に、聡史は「迷惑なんて」と鷹揚《おうよう》に首を振った。

「それより梁瀬くん、家はどこ？　よかったら車で送っていこうか？」

「お気遣いありがとうございます。でも大丈夫です。この後二限があるし、その後はバイトが——」

言い終わる前に、デスクに向かっていた伊藤が、冗談じゃないとばかりに振り返った。

「ダメよ。今日は二限もバイトも休みなさい」

「もう全然平気です」

「ダメ。動けるようなら午後からちゃんと病院に行くこと。大病が隠れていたら大変よ？」

「…………」

——病院代ってバカ高いんだよな……。

頭の中で電卓を叩きながら、冬馬は仕方なく「わかりました」と項垂《うなだ》れた。

「まだ顔色がよくないよ。こういう時は遠慮しないで。ね？」

促すような笑みを向けられ、なんだかちょっぴりホッとした。

——性格までイケメンだ……。

冬馬は、聡史の好意に甘えることにした。


「社長さん……だったんですね」

車で送ると言ってはいたが、聡史はハンドルを握らなかった。運転手がいたのだ。

聡史は東北地方を中心に複数のレストランを経営する『テロワール』という会社の代表取締役だという。レストランとは縁のない冬馬だが『テロワール』という名前は耳にしたことがあった。素人の目にも上質だとわかるスーツから、それなりの社会的地位にある人なのだろうと想像はしていたが、まさか地域の有力企業の社長だったとは。

「あの、講義、大丈夫なんですか」

外部講師として大学に来ていたと、伊藤が言っていたことを思い出した。

「今日は講義のためじゃなく、庶務課に用事があっただけだから心配しなくて大丈夫だよ」

肩が触れそうな位置からにっこりと見下ろされ、冬馬は落ち着きなく視線を逸《そ》らす。ずるいくらい素敵な笑顔だなあと内心ドキドキしていると、突如爆弾が落とされた。

「ところで梁瀬くん、きみ、ユーチューブやっていない？」

「えっ……」

息が止まったかと思った。いや一瞬、本当に止まった。あまりのことに目を見開いたまま固まっていると、聡史は世にも嬉《うれ》しそうに「やっぱり」と破顔した。

「な、なんで、それを」

「さっききみをベンチから抱き上げた時、これがポケットから落ちたんだ」

差し出されたのは、おいしい棒・きりたんぽ味だった。一限目が終わったら朝ご飯代わりに食べようと、出がけにポケットに突っ込んできたのだ。

確かに朝っぱらからポケットにおいしい棒を忍ばせている人間はあまりいない。けれどそれだけでなぜ冬馬がユーチューバーだと断定できたのだろう。

――ていうか今「抱き上げた時」って言わなかった？　医務室に運んでくれたとは聞いたけどどうやって運ばれたのかまで頭が回らなかったな。この超イケメンにおれは抱っこされたのか。いやそんなことは今どうでもいい。まさかこの人視聴者なの？　いやいやいやいや、それはさすがにないだろ……。

パニックに陥っている冬馬の頭上に、さらに大きな爆弾が落ちた。

「『ドンと来い！　貧乏飯』。チャンネル登録しているよ。初めまして、トウリスくん」

「っ！」

車の中でなかったら、飛び上がっていたかもしれない。

「職業柄、食に関する情報にはアンテナを高くしておこうと思ってね。料理系のチャンネルは時々チェックしているんだ」

「そそそ、そうだったんですか……でも、どうしておれがトウリスだと」

「指だよ」

「指？」

「抱き上げた時、だらんと垂れたきみのきれいな手が目に留まった。トウリスくんの指に似ているなあと思っていたら、ポケットからこれが落っこちて」

聡史はおいしい棒・きりたんぽ味を自分の目の前にかざした。

「さすがにそれだけじゃ断定はできなかったけど、医務室できみの声を聞いた瞬間、間違いないと確信した」

先刻から変わらない穏やかな口調で繰り出される衝撃の事実に、冬馬は酸欠の金魚のように口をパクパクさせることしかできない。

「以前は顔だけじゃなく声も出していなかったでしょ」

「えっ」

半年ほど前まで、トウリスは顔も声も出さず、編集の段階で文字入れをしていた。それを知っているということは、聡史は少なくとも半年以上前から『ドンと来い！　貧乏飯』を視聴していたことになる。

「やっぱりきみの声を聞きたいっていうリクエストが多かったから？」

「えっ……ああ、まあ、そんな感じです」

「トウリスくん、人気者だからね」

「そうでもないですけど」

「登録者数が順調に伸びているでしょ。人気の証だよ」

「……りがとうございます」

本当は文字入れが面倒くさくなっただけなのだが、つまらない見栄《みえ》を張ってしまった。

「しかし、正直あれはネタだと思っていた」

「え？」

「きみはいつも『おれの主食はおいしい棒とポテチです』と言っているけれど、あれは視聴者向けのリップサービスで、本当はきちんと食事をしているんだろうと、願望も含めて勝手に想像していたんだけど」

聡史は初めてその表情を曇らせた。

理由はわかっている。まさか本当にスナック菓子を主食にしているなんて、視聴者の多くは思っていないだろう。レシピはただのネタで、実際は普通の食事をとっているのだろうと聡史も思っていたに違いない。

真《ま》っ青《さお》な顔のトウリスが、目の前でぶっ倒れるのを見るまでは。

――金があればおれだって……。

冬馬はぐっと拳を握った。

「バイト先の居酒屋で賄い飯を食ってますから、ご心配なく」

「毎日？」

「……週三ですけど」

しかも忙しくて食べ損ねる日の方が多い。

「栄養失調の可能性があるって、伊藤先生がおっしゃっていたね」

「……みたいですね」

「差し出がましいとは思うんだけど、人間の身体というのはその人が食べたものでできているんだ。食事はきちんととった方が――」

「何食べて生きようが、おれの勝手でしょう」

しまったと思った時には、口が勝手に動いていた。

「勝手をした結果、体調を崩して倒れたわけでしょ？」

思いがけず、聡史が強めの口調で言い返してきた。

「まだ栄養失調って決まったわけじゃありません」

「けどそんなに顔色が悪いのは」

「元々です。おれは子供の頃からこういう顔色なんです。てかおれが体調崩したら、綿谷さんになにか迷惑かかるんですか？」

——ああもう、何言ってんだ、おれは……。

別に助けてくれと頼んだわけじゃないと言わんばかりの、可愛げのない言い草だ。拗《す》ねた子供じゃあるまいし、倒れたところを助けてもらった上に家まで車で送ってくれるという、神さまのような人に対してぶつける言葉ではない。

——でも……。

月一で食べるファストフードが最高の贅沢。そんな爪に火を点《とも》すような暮らしなんて、社長殿には想像もつかないだろう。

スタートラインが違ったら、どんなに頑張っても手に入らないものがある。初めから手にしている人間は、手にすることの叶《かな》わない人間の切ないほどの渇望になど、一生気づかず生きていくのだろう。

「食べたことないくせに」

ポロリと零《こぼ》れた呟《つぶや》きに、傍らの聡史が「ん?」と首を傾げた。

「綿谷さんは、おいしい棒なんて食べたことないですよね」

レストランの経営者だ。毎日飽きるほど美味しい料理を食べているに決まっている。おいしい棒がなければ冬馬は死ぬ。聡史は死なない。そこには越えられない壁があるのだ。

そう結論づけたのだが。

「あるよ」

「え、うそ」

「うそじゃない。このきりたんぽ味、秋田に出張に行った時、お土産《みやげ》にいただいて食べたことがある」

聡史の表情には柔らかい笑みが戻っていた。

「なかなか美味しかった。でもこれを主食にすることは、僕はできないな」

でしょうね、と鼻白む冬馬をよそに、聡史は初老の運転手に声をかけた。

「大村《おおむら》さん、申し訳ないんですけど、行き先を変更してもいいですか?」

「はい。構いませんが」

「そこの交差点でUターンして、モリに向かってください」

運転手が「承知いたしました」と頷く。

――え、どういうこと?　モリってどこの森?

アパートまで送ってくれるのではなかったのか。

「ちょ、ちょっと待って――」

「梁瀬くん、少々時間をもらえるかな。ぜひ一緒に来てもらいたいところがあるんだ。ダメって言われても、もう向かっちゃってるけど」

口調はのんびりとしているが、やっていることは誘拐ではないか。

――まさか人気《ひとけ》のない森に連れ込んで……。

冬馬は慌てた。

「話が違います。降ろしてください」

「話が違っちゃうところから人生は広がるんだよ。心配しないで。お昼ご飯をご馳走《ちそう》するだけだから」

「お昼ご飯？」

ピクニックでもするつもりなのだろうか。

「梁瀬くん、お腹空《す》いてるでしょ」

「空いてませんっ。全然空いてないから降ろして――」

その瞬間、冬馬の腹がぐ～～っと身も蓋《ふた》もない音を立てた。最悪なタイミングで鳴り出した腹に、冬馬は頬を赤くして俯《うつむ》くしかなかった。

「食欲は人間の三大欲求のひとつだからね。無理に抑えるのはよくない」

笑いをこらえるように言うと、聡史はスマホを取り出した。

「——ああ、綿谷です。急で申し訳ないんだけど、今からお客さんをひとりお連れしたいんだ……そう、ランチプレート。大丈夫かな?」

電話の相手は森のタヌキだろうか。

楽しそうな聡史の声を聞きながら、冬馬はますます激しく鳴る腹に困惑していた。


およそ十五分後、大学方面へとUターンした車は住宅街を抜け、市内を流れる広瀬川沿いにある瀟洒《しょうしゃ》な建物の前に到着した。『フレンチ・杜《もり》』と小さな看板が掲げられたそこは、『テロワール』が手掛けるレストランのひとつだという。

——森じゃなくて『杜』だったのか。

どうでもいい感想を抱きながら、冬馬はそこここに蔦《つた》の絡まる建物を見上げた。

漆喰《しっくい》壁というのだろうか、職人が手作業で塗ったような白い壁に、落ち着いた赤茶色の屋根瓦が映えている。入り口の扉や窓はすべてアーチ型で、黒い鉄製で統一されたドアハンドルやポーチライト、フラワーボックスなどがとてもいいアクセントになっている。

全体から「どうぞお入りください」というメッセージが伝わってくるような、なんとも温かな雰囲気を感じる。

一瞬、ヨーロッパの田舎町にワープしてしまったような感覚に陥った。二年以上通っている大学の近くにこんな店があったなんて、まったく知らなかった。

「すご……」

思わず呟くと、聡史がふっと目元を緩めた。

「フレンチだからってかしこまらなくていいよ。通りがかりの人にも気軽に入ってもらえるように、南仏の田舎町をイメージしたんだ」

「素敵なお店ですね」

「ありがとう。さ、入って。準備中だから裏口からでごめんね」

聡史に促されて裏口から店内へと入った。厨房《ちゅうぼう》らしきスペースの脇を通ると、揃《そろ》いのコックコートやエプロンを身に着けた数人のスタッフから「おはようございます」と声が飛んだ。

「おはようございます。料理長はまだ?」

「さっき着替えていたので、多分もうすぐ来るはず——あ、来ました」

スタッフの声に振り向くと、今通ってきた通路からひとりの若い男が現れた。聡史と同じくらいか、少し年下だろうか。聡史とは対照的な鋭く隙のない表情に、厨房の空気がきゅっと引き締まるのがわかった。

「おはよう高柳《たかやなぎ》くん、待ってたよ」

「おはようございます。社長、急なお客さんっていうのは」

高柳と呼ばれた男は、聡史の傍らに立つ冬馬にすっと視線を向けた。聡史は笑顔で「うん」とひとつ頷き、緊張を漲《みなぎ》らせる冬馬の背中にそっと手を添えた。

「こちら梁瀬冬馬くん。こちら『フレンチ・杜』の店長兼料理長の高柳さん」

「梁瀬……です」

冬馬は小さく会釈をした。高柳は車内からの電話で大まかな事情を把握していたらしく、最低限の自己紹介の後、冬馬にアレルギーの有無を尋ねただけで、すぐに厨房へ入ってしまった。

「狭いところでごめんね。今日は開店から予約でいっぱいらしいんだ」

案内されたのは、厨房とパーティションで仕切られた一角だった。おそらくスタッフのためのちょっとした休憩スペースなのだろう。

「平気です。おれの部屋より広いくらいです」

「三十分くらいでできるそうだから、ここで待っててね」

「え、綿谷さんは」

「朝一の仕事を片づけてくる」

一時間以内には戻るからと言い残し、聡史は慌ただしく店を出て行ってしまった。

「そんな……」

ひとりポツンと取り残された冬馬は、仕方なくスマホを取り出した。『テロワール』で検索すると、すぐに今いる『フレンチ・杜』の写真が出てきた。

――『テロワール』は東北地方を中心にフレンチ、イタリアン、和食などのレストランを二十軒ほど経営している。二十代の頃フランスで料理を学んだ社長の綿谷聡史は、彼《か》の地に深く根づく「地産地消」の考え方に大いに心を動かされた。『テロワール』の経営するレストランは、どの店もその土地で採れた食材を使った料理を提供している――

ホームページにざっと目を通した冬馬は、スマホを閉じて首を傾げた。

本社は仙台市だが、若き経営者である聡史の手腕や類まれなセンス、そして何より情熱が評判を呼び、創業八年で東北各県や北関東にまで店舗を持つに至ったらしい。

「地産地消ねえ……」

言葉は知っているが、イメージできるのは道の駅くらいだ。食べ物の産地なんて生まれてこの方一度も考えたことがない。そもそも冬馬が日々口にしている食品のほとんどはどこかの工場出身だ。

――なんかおれ、最高に場違いかも。

厨房はさっきからずっと賑《にぎ》やかだ。スタッフが掛け合う声、食器やカトラリーがぶつかる音、火の音、水の音。耳に届く雑多な音のすべてが、だんだん子守唄のように聞こえてきた。

そういえばちゃんとした料理を作る音なんて、いつ聞いたきりだろう。

『冬馬、ご飯できたよ』

耳の奥に懐かしい声が蘇《よみがえ》る。いい匂いがしてきた。

——今日の晩ご飯、なにかな……。

うつらうつらしていた冬馬は、「お待たせ」という声にハッと目を開けた。振り返ると、パーティションの脇にトレーを持った聡史が立っていた。

「寝ていたの？　大丈夫？」

聡史は心配そうに眉根を寄せた。

「大丈夫です。目を閉じていただけですから」

「また体調が悪くなったらすぐに言ってね」

「わかりました。それより綿谷さん、早かったですね」

「こっちから誘っておきながら、ひとりで放り出して仕事に行くなんて無責任だろ。だからちょちょいと片づけて急いで戻ってきた」

そう言いながら、聡史は木製の丸いプレートと、スープの入ったボウルを冬馬の前に置いた。

「わあ……」

思わず感嘆の声が漏れた。直径三十センチはあろうかという大きな丸いプレートの上には、小さな世界があった。色とりどりの野菜や肉らしきもの、小さな容器に入ったゼリーのようなもの、よくわからないけれどとにかく美味しそうなたくさんの料理が、花畑のようにちりばめられていた。プレートだけでもてんこ盛りなのに、別にスープまでついている。

「日替わりランチプレートです。本日のスープはキュルティバトゥールです」

「きゅる……る？」

「キュルティバトゥール。いろいろな野菜を細かく切って煮たスープだよ。ちなみにフランス語で『農夫』って意味ね。添えてあるバゲットを浸して食べても美味《うま》いよ」

スープの脇には小さなフランスパンを焼いたものが添えられていた。

「まずこのこんもりした森みたいなのはリーフレタスのサラダ。載っているのは人参のラペと生ハムね」

こんなに山盛りのレタスを目にしたのは生まれて初めてかもしれない。普段の冬馬なら苦手な緑の大群にゲッと仰《の》け反るところなのだが、なぜだろう目の前の森に「おいで」と誘われているような気がした。

「それから右回りに、アミューズ代わりの完熟トマトのババロア。シェリーのジュレでコーティングしてある。別添えの生クリームをかけて召し上がれ」

ゼリーのようなものはトマトのババロアだったらしい。

――トマトか……。

自称野菜嫌い系ユーチューバーは、とりわけトマトが苦手だ。ちょっとテンションが下がったが、顔には出さずにおく。

「隣がオードブル的なもの。夏野菜と帆立のプレッセです」

「プレッセ？」

「フランス語で押し固めるっていう意味。夏野菜をテリーヌ型に入れて、白ワインビネガーのジュレで固めてあるんだ。今日の野菜はパプリカ、枝豆、カボチャ、なす、それからズッキーニ」

目にも鮮やかな夏野菜たちがジュレにキラキラ輝いていて、冬馬はまた「わぁ……」と小さなため息を漏らした。

「最後にメインね。牛タンの赤ワイン煮。柔らかいからスプーンで簡単に切れるよ」

「ぎゅ……」

仙台に住んで二年と数ヶ月。初めてお目にかかった牛タンに、冬馬の視線は釘づけになる。唾液腺がツーンとして、ごくりと喉が鳴った。

「さあ、冷めないうちに召し上がれ」

「はい……あの」

「ん？」

「順番とかあるんですよね？　食べるのに」

おずおずと尋ねると、聡史は微笑みながら首を横に振った。

「同じプレートに載っているんだから、好きな順序で食べていいよ。ちなみに箸の方が食べやすいなら用意するけど」

それを聞いて安心した冬馬は「大丈夫です。いただきます」と手を合わせた。

どれから食べようか迷ったが、まずはスープからいただくことにした。スプーンでひと匙《さじ》、口に運ぶ。

「……ん」

口いっぱいに広がった味に、冬馬は大きく目を見開いた。

「どう？」

「……超美味しいです」

答えを聞いた途端、冬馬の顔を覗き込んでいた聡史が「でしょ」と破顔した。

「みなさん、『超美味しい』いただきましたよ」

パーティションの向こう側に聡史が声をかけると、厨房のスタッフたちの「おお」という声と小さな拍手が聞こえた。

「ま、当然でしょう」

高柳らしき自信に満ちた声に、スタッフたちから笑いが起こる。気取らない社長と気さくなスタッフたちの掛け合いに、冬馬も思わずつられて微笑んでしまった。とても雰囲気のいい店だなと感じた。

「なんだかとっても複雑な味がします」

「たくさんの種類の野菜が入っているからね。玉ねぎ、長ねぎ、人参、じゃがいも、大根、クレソン、セロリ、にんにく――」

「そんなにいろいろ入っているんですか」

どうりで深みのある味がするわけだと納得しながら、夏野菜と帆立のプレッセにナイフを入れた。

「どう？」

「んんっ」

「美味しい。めちゃめちゃ美味しいです」

「それはよかった」

目を瞬《しばた》かせる冬馬に、聡史はさっきよりもっと嬉しそうに表情を崩した。

「みなさん、『めちゃめちゃ美味しい』いただきましたよ」

また笑い声と拍手が起こる。

「社長、開店一時間前でバタバタなんですから、勘弁してください」

高柳の声に、聡史は「ごめんごめん」と笑顔のまま肩を竦《すく》めた。

「そっちもいろんな味がするでしょ？」

冬馬はプレッセを口に運びながらコクコクと頷く。パプリカ、枝豆、かぼちゃ、なす、ズッキーニ――たくさんの野菜が入っているのに、それぞれの味をちゃんと感じる。そしてそれらが醸し出すハーモニーで、口の中が賑やかになる。

「でも、なんだか不思議です」

「何が？」

「全般的に甘い気が……」

冬馬はトマトを筆頭に野菜全般が苦手だ。それなのにキュルティバトゥールはこれまでの人生で飲んだどのスープより味わい深かったし、プレッセに入っている野菜たちは、冬馬がこれまで食べた野菜とは比べ物にならないくらい味が濃くて、特に甘みを強く感じるのだ。

「あ、わかった、これ砂糖が入ってるんじゃないですか？」

そうに違いないと思ったのに、聡史は真顔で首を横に振った。

「残念ながら砂糖は一切使っていない。野菜の持つうま味を最大限に引き出すように、シェフが調理してくれているんだ」

「へえ……」

信じられない思いで、冬馬は次々と料理を平らげていった。山盛りのリーフレタスのサラダ、人生初の牛タン――どれもこれも衝撃を受けるほど美味しくて、気づけば聡史がそこにいることも忘れ、夢中になってフォークやスプーンを動かしていた。

さっきホームページで確認したところによると、平日限定のランチプレートはデセール（デザート）とドリンクがついて千五百円だったはずだ。千五百円といえば冬馬の一週間分の食費を軽く超える金額じゃないかと最初は鼻白んでいたけれど、この量とクオリティでその価格は、逆に安すぎるのではないかと今は思う。

最後に完熟トマトのババロアが残ってしまった。他の料理がこんなに美味しいのだから、きっとババロアも美味しいのであろうことは想像がつく。

――ひと口だけ食べてみようかな。

ご馳走になっているのに残したりしたら失礼だ。スプーンを手にしたままどうしたものかと迷っていると、聡史が「無理しなくていいよ」とババロアの皿を自分の方へ引き寄せた。

「トマト、苦手なんだね」

「……すみません」

高柳に訊《き》かれた時、正直にトマトは苦手だと言えばよかった。

「トマトが嫌いな人、わりといるから気にしなくていいよ。これは僕が後でおやつにいただくことにしよう」

「本当にすみません。でも他は全部すっごく美味しかったです」

「それはよかった。お腹いっぱいになったかな？」

「はい。満腹です。ご馳走さまでした」

肉の薄い腹がいつになく膨らんでいる。ポンとひとつ叩いてみせると、聡史はまるで自分も一緒に満足したような顔で頷いた。

「でも甘い物は別腹でしょ。今日のデセール……デザートは確か、油麩《あぶらふ》のフレンチトーストか、パンナコッタだったかな」

「油麩ってなんですか？」

「お麩を油で揚げたもので宮城の特産品だよ。今日のお麩は登米《とめ》市のもので、蔵王《ざおう》のクリームチーズを添えてある。パンナコッタには亘理《わたり》町のイチゴのソースがかかってる。どっちがいい？」

「う～ん」

麩がどんなフレンチトーストに仕上がっているのか気になる。けれどイチゴなんていつ食べたきりか思い出せないくらいだから、そちらも捨てがたい。

「うーん、どっちがいいかな……うーん……」

冬馬が悩み始めると、聡史は「待っててね」と立ち上がり厨房に向かった。一分もしないうちに戻ってきた彼の手には、なんとふたつのスイーツ皿があった。

「せっかくだから両方食べてみて」

「えっ、でも」

「いいから、いいから。社長権限ってことで」

なんてありがたい権限なのだろう。冬馬は「社長万歳」と心の中で唱え、二種類のデセールをぺろりと平らげた。

「うあ～～、美味しかったぁ」

フレンチトーストは口に入れたとたん蕩《とろ》けてしまうくらいふわっふわで、パンナコッタはさっぱりと甘すぎず、イチゴのソースを存分に楽しむことができた。間違いなく今まで生きてきた中で最高に美味しい、最高に贅沢なデザートだった。

「一生分の贅沢をした気分です」

「そんな、大袈裟《おおげさ》だよ」

「大袈裟じゃありません。おれ、牛だったらよかったのに」

「牛？」

「ほら、牛なら何回も味わえますよね。反芻《はんすう》するから」

「はっ……」

冬馬の本音に、聡史は大きく目を見開くと「あははは」と声を立てて笑い出した。

「でも梁瀬くんが牛だったら、共食いになっちゃうね」

「え？」

「だって今、牛タン食べただろ」

真面目な顔でそんなことを言うものだから、冬馬も「確かに」と大笑いしてしまった。

「実はちょっとドキドキしていたんだけど、美味しいって言ってもらえてホッとしたよ」

聡史は謙虚に言うけれど、本当に自分が今まで食べてきた野菜は一体何だったんだろうと思ってしまうほど——料理の腕が壊滅的なのが主な原因ではあるのだが——衝撃的な美味しさだった。

「本当にご馳走になっちゃっていいんですか」

「僕が誘ったんだ。当然だよ。野菜嫌い系ユーチューバーを陥落させることができて、ちょっと光栄だな」

そのひと言で冬馬はハッと現実に戻った。そうだ、これは神さまが与えてくれた幸せな夢。かりそめの時間だ。今夜からはまたスナック菓子を軸にした生活が待っている。

なんのことはない、元の暮らしに戻るだけだ。講義を受けてバイトをして動画を撮ってコメントを返して。お金はないけれどそれなりに楽しくやってきたはずだ。

——でも、本音を言えばたまにこんなご馳走が食べられる暮らしがしたいな。

それにはまず大学を卒業しなければならない。学費が払えなくなったら一巻の終わりだ。

明日からの更なる倹約を心に誓っていると、聡史が「はいこれ」と一枚の紙を差し出した。

上から下へずらりと並んだ食材の名前の横に、人の名前が記載されている。

「なんですか、これ」

「今日食べた食材の、生産者さんのリスト」

『テロワール』で使用する食材はすべて、聡史自らが契約した信頼のおける農家や漁業者から仕入れているのだという。トマトの欄には「N町・佐藤《さとう》農園・佐藤久五郎《きゅうごろう》さん」と書かれていた。

「年に何度か、店の前で野菜の直売会もやっているから、よかったら来てみて」

聡史の誘いに小さく頷き、冬馬は席を立った。

「今日は本当にありがとうございました。近いうちあらためてお礼に伺います」

「お礼なんていらないよ。僕が勝手にしたことだから。それよりも……」

言いあぐねる聡史の様子で、何が言いたいのかわかってしまった。

「ご馳走になった料理はどれも本当に美味しかったです。でもすみません、ユーチューブは続けます。おれの生きがいですから」

冬馬はきっぱりと告げた。聡史は「そう」と頷いたが、とても納得しているようには見えなかった。

「また倒れたりしないといいけれど」

「もう倒れません。向こう半年分くらいの栄養をとらせていただいたので」

「今日食べた分は今日の栄養にしかならない。明日は明日でまた食べないと」

「倒れた原因が食生活だって、まだ決まったわけじゃ」

「僕は食生活が原因だと思う」

今度は聡史がきっぱりと言い切った。厳しい口調に冬馬はぐっと押し黙る。

「何を食べようが自分の勝手だって、きみは言ったよね。確かにその通りだと思う。きみはもう成人しているし、僕はきみの家族でもない。きみに何かを命令したり進言したりする権利も義務も僕にはない」

「だったら……」

放っておいてほしい。貧乏学生には貧乏学生なりの矜持《きょうじ》があるのだ。

「失礼します。そろそろ開店時間みたいだし」

レストランスペースから開店前の打ち合わせをする声が聞こえてきた。これ以上の長居は迷惑だろうとバッグを手に立ち上がると、「ちょっと待って」と聡史が行く手を阻んだ。

「せっかくうちの料理を美味しいと感じてくれたのに、このままさよならっていうのもちょっとつまらないと思わないか？」

「は？」

「地球上に今、何人の人間が暮らしているのか知らないけど、どうした因果か僕らはこうして知り合った。同じ大学に通っていたって顔も知らずに卒業する同窓生の方が多いのに、だ」

何やら突然壮大な話になってきた。

「僕らはつまり、もう赤の他人じゃない。知り合いだ。僕はきみを批判したり何かを意見する権利はないけれど、提案くらいはしてもいいと思うんだ」

「提案？」

冬馬はきょとんと首を傾げた。

「こうしないか。きみは今日から一ヶ月間、店休日の月曜日以外毎日うちのレストランの料理を食べ続ける」

「はい？」

「朝食は間に合わないから家で食べてもらうとして、ランチはここで用意する。一ヶ月間毎日だ。用のない日は夜もここで食べてほしい」

「えっと……」

「もちろんすべて僕がご馳走するから心配しなくていい。ひと月後、きみの体調に変化がないか、万が一にも悪化するようなことがあったら、僕はきみの望みをひとつ叶えるよ。どんな望みでもね」

前のめりになって捲《まく》したてる聡史の前で、冬馬はあんぐりと口を開いたまま固まっていた。

「あの、ですね、おっしゃっていることの意味がおれにはいまひとつ」

「難しく考えなくてもいい。賭《か》けみたいなものだよ。その代わりきみの体調が改善したら、きみは僕の言うことをひとつだけきく。ね、どうだろう」

「どうだろうって言われても……」

言葉の端々から頭の切れそうな人だと思っていたけれど、どうやらちょっと買いかぶりすぎていたようだ。聡史の提案とはつまり「一ヶ月間栄養バランスも味も抜群の食事を無料で提供する。その結果冬馬の体調が改善しなかったら冬馬の勝ち。改善したら聡史の勝ち」ということなのだろう。賭けは一見成立するように思えるが、それは性善説ありきの話だ。

ひと月後、冬馬がうそをつく可能性に聡史は思い至らないのだろうか。体重や血液検査の数値ならばごまかしはできないが、体調の良い悪いは本人の申告次第だ。本当は体調が改善しているのに「ちっとも変わらないです」「悪くなっている気がします」などとうそをつくこともできるのだから、最初から勝ちは冬馬に決まっているようなものだ。

ね、どうだろう？　などとわくわく顔をしている場合ではないだろう。

人が好《い》いにもほどがある。

——綿谷さんって天然なのかな。それともバ……。

もしかしたら何か裏があるのかもしれないが、相手は社会的地位のある人間だ。少なくとも命の危機に瀕《ひん》するような事態にはならないだろう。冬馬にしてみればこんなにうまい話はない。人生史上最高に美味しい食事を毎日タダで食べることができる上に、ひと月後には望みがひとつ叶うのだ。

——なんでもって、言ったよな。

引き続き死ぬまでタダ飯を食べさせてもらうというのはどうだろう。いやそれよりもっと将来に繋《つな》がるリクエストがいい。総理大臣への足掛かりとして、知り合いの政治家を紹介してもらうとか。社長なんだから県会議員の知り合いがひとりやふたりいてもおかしくない。いや、もっとダイレクトに現金をねだってみようか。いくらあったら一生食べていけるだろう。三億もあれば悠々自適だろうか。三億あったらおいしい棒何本買えるかな——。

開いてしまった。パンドラの箱が。

——おれにもようやくチャンスが巡ってきたのかも。

長い長い貧乏生活に、別れを告げる時が来たのかもしれない。

折しも一年近くバイトをしていた居酒屋が先週閉店してしまい、次のバイト先を探していたところだ。一ヶ月間働かずに賄い飯を食べられると思えばいいのだ。発想の転換だ。

「まあ、別にいいですけど」

渦潮のごとく胸に巻き起こる欲望をおくびにも出さず、冬馬は涼しい顔で承諾してみせる。

「本当に？」

「はい。でも本当にいいんですか？　一ヶ月もタダなんてなんだか申し訳ないです」

それは本音だった。

「一ヶ月くらい食べ続ければ、きっと食生活の大切さがわかってもらえると思うんだ。きみは何も気にしないで毎日通ってくれればいい」

一点の曇りもない笑顔に胸がチクリと痛んだけれど、言い出したのは聡史だ。決してこちらから持ち掛けたわけではないのだと、自分に言い聞かせる。

「それじゃあよろしく、梁瀬くん」

差し出された手を、おずおずと握る。

「こちらこそ……よろしくお願いします」

ぎこちなく微笑む冬馬の手を、聡史は倍の力でぎゅっと握り返してきた。伝わってくる体温の心地よさに、ひたすら戸惑う冬馬だった。

ひょんなことから始まった地産地消生活は、想像以上に快適だった。『フレンチ・杜』は大学から徒歩十分ほどの場所にあり、午後の講義の前にランチに寄ったり、帰宅前にディナーに訪れたりすることができた。店は連日予約でいっぱいでレストランスペースにテーブルを確保することができず、初日と同じ厨房の片隅での食事だったが、そんなことは一切気にならなかった。

日替わりプレートは曜日によってメニューが変わるので、飽きることはなかった。ディナーはランチよりさらに豪華で品数も多く、出される料理すべてが身悶《みもだ》えするほど美味しかった。気が向いたらお酒を頼んでも構わないと聡史は言ってくれたが、申し訳なくてとても注文することはできなかった。誘われた身とはいえそこまで図々《ずうずう》しくはなれない。

体調に変化はすぐに現れた。生活が夜型なこともあり、冬馬は基本的に朝食をとらない。遅刻ギリギリのタイミングでベッドから這い出すのが常なのだが、『フレンチ・杜』に通い始めて三日目、大学に入って初めて空腹で目が覚めた。なんの迷いもなくおいしい棒の袋を開けようとして、ふと手を止めた。

『絶対ダメとは言わないけど、このひと月はできるだけスナック菓子は口にしないようにね』

聡史にやんわりと釘《くぎ》を刺されていたことを思い出したのだ。仕方なく撮影用にストックしておいた米を炊き、醤油《しょうゆ》をかけて食べた。古々米だったせいか醤油の賞味期限が一年前に切れていたせいか、衝撃的な不味《まず》さだったが、数時間後にはあのランチが食べられると思えば辛《つら》くはなかった。

一週間もする頃には、目眩《めまい》や立ちくらみはほとんど起きなくなっていた。カサついていた肌も心なしかすべすべしてきたし、お腹の調子もすこぶる良い。スナック菓子禁止なので『ドンと来い！　貧乏飯』の更新がしばらくできないことだけが残念だったが、体調がいいと気持ちまで大らかになるらしく「まいっか」と思うことができた。

その日冬馬は優也とキャンパスで待ち合わせをしていた。先週、倒れてしまって出られなかった二限目の講義のノートを借りるためだ。

「ほい、ノート」

「サンキュ」

コピーを取るため、ふたりで構内のコンビニへ向かう。

「もう大丈夫なのか？　倒れたって聞いた時はびっくりしたぞ」

「平気平気。なんなら前より元気。ほら、この通り」

その場でぴょんぴょんジャンプしてみせると、優也は「よかった」と表情を綻《ほころ》ばせた。

優也と会うのは十日ぶりだった。倒れたことをメッセージで報告すると優也は『今から行く』と飛んでこようとしたが、元気だから大丈夫と固辞した。彼もまた冬馬と同じかそれ以上に過密なスケジュールでアルバイトをしているからだ。

優也と初めて会ったのは、ふたりが十一歳の時だった。両親の死後、遠縁の親戚の家を転々としていた冬馬は小学六年生の春、児童養護施設に預けられることになった。そこで出会ったのが優也だった。優也もまた複雑な家庭環境で育ち、三歳の時から施設に預けられていた。同い年だということもあり、ふたりはあっという間に打ち解けた。気さくな優也は施設での生活や注意点などを教えてくれただけでなく、新入りに向けられる好奇の眼差《まなざ》しから冬馬を守ってくれた。

『施設長の推薦がもらえると、大手の塾とか予備校の模試をただで受けさせてもらえるんだ。成績さえよければちゃんと高校にも大学にも行ける』

そんなことを教えてくれたのも優也だった。だからどんなに嫌な目に遭った日も、ふたりで競うように夜遅くまで勉強した。

ところが中学二年生の冬、突然優也が施設を出ることになった。親類の家に引き取られることになったのだ。『よかったな』と懸命に笑顔を作る冬馬に、優也は『うん』と複雑な顔で頷いた。ふたりとも不安と寂しさに押しつぶされそうになっていたのだ。

すぐに手紙のやり取りを始めたが、優也からの返事はなかなか来なかった。やっと届いた返事からは、幸せとはほど遠い暮らしをしている様子が窺《うかが》え、胸が潰れる思いがした。どうしているだろうと心配はしていたが、冬馬自身も受験勉強が忙しくなり、ついに手紙は途絶えてしまった。

だから大学の入学式でバッタリ顔を合わせた時には、お互いにしばらく言葉を失ってその場に立ち尽くした。四年の時を経ても、すぐに優也だとわかったし、彼の方も一瞬で冬馬だとわかったと言った。神さまが巡り合わせてくれたのだと思った。

離れていた間、優也が金銭的にも精神的にも自分以上に苦労してきたことを冬馬は知っている。それなのに優也は相変わらず卑屈なところがなく、どんなことにも前向きで明るかった。四年のブランクは瞬く間に埋まり、ふたりはまた親友に戻った。互いに相変わらず貧乏だったけど、辛い時は「貧乏あるある」で盛り上がって乗り切る。

単なる知人なのか友人なのか判断に迷う同級生は何人もいるけれど、心の友、あるいは親友と呼ぶことができるのはこの世にただひとり、優也だけだ。

「ありがとう。助かった。お礼に昼飯奢《おご》るよ」

「ノートぐらいで気にすんなって。あ、でもそろそろマッチュ食いたいかも。今から行く？」

優也はたまにふたりで行くファストフード店の名前を挙げた。

「ハンバーガーもいいけど今日は別の店にしよう」

「別の店？　駅前の立ち食いそばか？」

「違う。フレンチ」

冬馬の口からフレンチなどという言葉が出てくるとは思ってもみなかったのだろう、優也は足を止めぽかんと首を傾げた。

「実はお前を連れていきたい店があるんだ」

冬馬は一週間前ベンチで倒れた後の経緯をかいつまんで話した。

「その店なら知ってる。ゼミの女の子たちが絶賛してた」

「絶賛されて当然だよ。あの美味しさなんだから」

「冬馬、本当に毎日昼夜その店で食べているのか？　それも社長の奢りで？」

「信じられないだろ？」

冬馬だって最初は信じられなかったのだから当然だ。優也は珍しく難しい顔をして立ち止まった。

「俺はそれ、ヤバイ気がする。悪いことは言わないからやめておけ」

「え、なんで」

「だってお前だけが得してるわけだろ？　相手側になんの利益もないじゃないか。往々にしてそういう話には必ずと言っていいほど裏があるもんだ。俺たちいつも話してるじゃないか。忘れたのか？　タダより高い物はない。うまい話には裏があるって」

確かに優也とは時折そんな話をしている。欲に目がくらんで足をすくわれないように、互いを戒めるためだ。貧乏脱出に近道ナシ。日々の辛抱と地道な努力によって、裏門からじゃなく正門から正々堂々と赤貧生活を脱出しようぜと。

「忘れたわけじゃないけど……」

うますぎる話には違いない。それでもまったく危険を感じなかったのは、誘ってくれたのが聡史だからだ。ほんの数時間一緒にいただけでわかった。彼は悪い人ではない。傍《そば》にいる人をほんわりと包んでしまうようなあの笑顔に、裏があるなんて思えない。思いたくない。

聡史はあれ以来一度も『フレンチ・杜』に顔を出さない。東北六県と北関東に展開している自社レストランを回って新メニューの開発に携わる傍ら、自ら頻繁に契約農家の元を訪れているのだと料理長の高柳が教えてくれた。

次はいつ会えるのだろう。今日は来ているだろうか。気づけば入り口に立つたび、店内に聡史の姿を探している自分がいた。

「綿谷さんは他人を騙《だま》すような人じゃない」

思わず呟いた。優也が驚いたように目を瞬いたので、慌てて「と、思う」とつけ加えた。一度しか会ったことのない相手にそこまで心を許すのはどうかと、自分が優也の立場でも心配するだろう。

「ま、いいや。お前がそこまで言うなら、ご馳走になろっかな」

「今日は火曜だからメインは牛タンの赤ワイン煮のはず」

一週間前の感激が舌の上に蘇ってきて、お腹がぎゅるると鳴った。

「ぎゅぎゅっ、牛タンだと〜？」

優也が素《す》っ頓狂《とんきょう》な声を上げた。

「俺、仙台に来て三年になるけど、一度も牛タン食ったことない」

「自慢じゃないけどおれもそうだった」

「美味かったか？　牛タン」

「美味かった。とろっとろのほろっほろで……あれはもう、この世の食い物じゃない」

優也がごくりと喉を鳴らした。ふたりは「行こう」と頷き合い、ぐうぐう鳴るお腹を抱えて『フレンチ・杜』へと走った。


「あ〜〜〜、超美味かった。でもって超満腹」

店を出るなり優也が満足げに腹鼓を打った。一週間前の自分を見ているようだった。

「牛タンって思ってたより柔らかいんだな」

「あそこまで柔らかく煮るには半日かかるらしいよ。しかも仙台で食べられてる牛タンって実はほとんどが外国産なんだけど、『杜』で出されているのは仙台牛のタンだから、本当はあの値段じゃ食べられないんだって。高級品なんだ」

牛タンがメインの日は赤字なのだと、先日高柳が教えてくれた。

優也の分の代金は、当然冬馬が自腹で払うつもりでいた。清水の舞台から飛び降りる覚悟で用意してきた千五百円をしかし、レジ係の女性スタッフは受け取ってくれなかった。

『もし梁瀬くんが友達を連れてきたら、支払いは必ず僕に回してください』

聡史はスタッフたちにそう周知していたのだという。

——知ってたら遠慮したのに。

いくらなんでも友達の分までご馳走になるなんて図々しすぎる。恐縮しきりのふたりに、スタッフたちはみな初日と変わらない笑顔で接してくれた。しかもキャンセルが出たからと、広瀬川が一望できる特等席に案内してくれたのだ。

『フレンチ・杜』に通い始めて一週間、冬馬は初めてレストラン席で食事をした。夏の陽光にきらめく美しい川面を見ながらのランチに胸が躍り、いつにも増して食が進んだ。

『うちの社長、ああ見えて太っ腹なんで、気にしないで毎日いらっしゃってください』

明日もお待ちしていますと明るく送り出され、余計に申し訳なくなってしまったが、同時にふとある思いが過《よぎ》る。

——綿谷さん、他にも誰かに同じことしたことがあったのかな。

あまりにレアな申し出だったから、声をかけてもらったのは自分だけだと勝手に思い込んでいたけれど、『テロワール』が手掛ける他のレストランで、冬馬と同じように無償で食事を提供してもらっている人がいる可能性は否定できない。

——ありえない話じゃないよな……なんかの調査のためとか。

そう思ったら、どうしてだろう胸の奥がずんと重くなった。

「マジでこの世のものならざる味だったわ。あんな美味い飯を一ヶ月もタダで食えるなんて、冬馬、お前羨《うらや》ましすぎるぞっ」

優也が肘で横腹をぐりぐり押してくる。

「けど、あの味に馴染んじゃったら、おいしい棒とか受けつけなくなるんじゃないか？」

「そんなことない。それはそれ、これはこれだ」

「じゃあ『ドンと来い！　貧乏飯』はやめないのか？」

「やめるわけないだろ。約束の一ヶ月が過ぎたら即行再開する」

優也は「そっか」と頷いた。その横顔が少し安堵《あんど》したように見えて冬馬はハッとした。

世界一気の置けないこの親友と自分を繋げているのは「貧乏」という共通項だ。どちらかが辛い目に遭った時は、もうひとりが寄り添って励ます。約束したわけではないけれど、貧乏の苦労は貧乏した人間にしかわからないという思いが、ふたりの絆《きずな》をより強くしている気がする。

もし聡史に声をかけられたのが自分ではなく優也だったら……。優也が自分を置いてひとりで〝あちら側〟の世界へ行ってしまったような気がしないだろうか。

「フレンチも悪くないけど、おれはやっぱりお前と食うハンバーガーが一番美味いな」

「あのな、ファストフードと比べたら、仙台牛さまに失礼だろ」

「本当だって。気軽においでって言われても、やっぱ肩が凝るし。あ、明日久しぶりにマッチュに行こうぜ」

「行かない」

「なんでだよ」

「冬馬、俺に気を遣うことないんだからな」

優也が真顔で返すものだから、冬馬は必死に反論した。

「バーカ、お前に気なんか遣うか。いくらオシャレフレンチって言ったたって、毎日じゃなあ。だんだん飽きてきた気がする」

「お前、いつからそんな罰当たりなこと言うようになったんだ。貧乏の風上にも置けないな」

軽く睨《にら》まれて、冬馬はますますムキになる。

「別にこっちから頼んだわけじゃないし。あっちがどうしてもご馳走したい、賭けをしたいって言うから、仕方なく乗ってやっただけさ。美味い飯が食えるし一ヶ月分の食費が浮くし超ラッキー、みたいな？」

「神さまみたいな人だよな、綿谷さんって。お金の心配がなくなると他人のことを慮《おもんぱか》る余裕もできるんだろうな」

「ま、どっちにしてもおれたちとは別世界の人だよ。あっちにしてみたら、貧乏学生に飯食わせるくらいどうってことないんだろ。慈善事業みたいなもんだよ」

「そんなもんかな」

「そんなもんだって」

優也との話に夢中になっていた冬馬は、背後から近づいてきた人影に気づくのが遅れた。

「あ……」

先に気づいた優也が、「おい」と冬馬の肩を叩いた。優也の視線の先を追って後ろを振り返った冬馬は、息を呑《の》んで立ち止まった。

「綿谷さん……」

今の会話を聞かれてしまっただろうか。全身の毛孔《けあな》がぶわりと開くのがわかった。

「こっちから誘っておいて、ずっと来られなくてごめんね。元気だった?」

「は、はい……あの」

ビクビクと見上げた聡史は、幸い一週間前と変わらない笑顔だった。

「昨日やっと出張先から戻って、一週間ぶりに店に顔を出せたんだ。そうしたらちょうど梁瀬くんがお友達と一緒に帰ったところだって聞いて、慌てて追いかけてきた。間に合ってよかったよ。あ、初めまして綿谷聡史です」

「初めまして、藍沢優也です。今日はご馳走していただいてありがとうございました。すっ

ご～～く美味しかったです」

「それはよかった」

優也と笑顔で挨拶を交わす聡史の様子に、冬馬はホッと胸を撫《な》で下ろした。いくら聡史がいい人でも、今の会話を聞いていたらとてもこんな表情はできないだろう。

「梁瀬くん、その後体調はどう？」

「ああ……まあ、ぼちぼち」

本当は「ぼちぼち」なんて程度じゃなく改善しているけれど、認めてしまったら賭けに負けることになる。

「そっか。ぼちぼちか。でも血色がよくなっているみたいで少し安心したよ」

「……おかげさまで」

小さく頭を下げると、聡史はとても嬉しそうにうんうんと頷いた。一ヶ月ぶりに見る陽《ひ》だまりのような笑顔に、心の奥がじんわりと温かくなっていく。

「梁瀬くん、あのさ――」

聡史が何か言いかけた時、どこからかスマホの着信音が聞こえてきた。

「あ、僕だ」

聡史がポケットからスマホを取り出すのを見て、優也が「行こうか」と囁《ささや》いた。仕事の電話だったら、自分たちは邪魔になる。

「今日はご馳走さまでした。失礼します」

「失礼します」

ふたりの会釈に、聡史は「ごめんね」と顔の前で片手を立てて、くるりと背を向けた。

「はい、綿谷……ああどうも、いつもお世話になっております……ええ……」

一週間ぶりの再会は、たった二分の立ち話で打ち切られてしまった。

「お前がさっき言ったこと、なんかわかった気がする」

歩きながら、優也がぼそりと言った。

「おれが言ったこと？」

「確かに他人を騙すようなタイプじゃないな、あの人」

悪意の〝あ〟の字も感じなかったわと、優也は笑った。

「どっちかっていうと騙される方かも」

言えてる、とふたりして笑ったのだけれど。

「たとえ慈善事業の一環だとしても、お前にとってはありがたいことだよな」

優也のひと言が、冬馬の胸をツキンと刺した。慈善事業に違いないと、最初に口にしたのは自分なのに。

「……そうだな」

呟くように答えながら後ろを振り返る。そこに聡史の姿がないことに、思いのほかがっかりしている自分がいた。

「ため息」

「え？」

「今お前、巨大なため息ついただろ」

「そうだった？」

自覚のない冬馬に、優也は眉を顰《ひそ》めて人差し指をちっちと横に振った。

「ため息つくと、運気が逃げるらしいぞ」

「マジ？」

「これ以上貧乏になりたくなかったら、ため息はやめておけ」

冬馬は「わかった」と真顔で頷いた。これ以上の貧乏なんて絶対にごめんだ。


【明日、何か用事はありますか？　よかったらドライブに行かないかい？】

聡史からそんな連絡があったのは、『フレンチ・杜』近くの路上で立ち話をした五日後、日曜の夜のことだった。互いの連絡先は初日に交換してあったにもかかわらず、メッセージが届く気配はまったくなかったから、きっと形だけの交換だったのだろうと思っていた。

だからそのメッセージが届いた時、冬馬はスマホの画面を見つめたまましばらくニヤニヤが止まらなかった。【喜んで！】と返信しようとして、すんでのところで思い留《とど》まった。それではまるでメッセージが来るのを心待ちにしていたみたいだ。

冬馬は深呼吸をひとつした後【ありがとうございます。楽しみにしています】と送った。

「本当に今日は講義なかったの？」

『テロワール』の経営するレストランの多くは、定休日を月曜に設定しているという。自分の都合で平日に誘ってしまったことを、聡史は気にしているようだった。

「大丈夫です。月曜は出席必須の講義はないので、お言葉に甘えちゃいました」

もしあっても休むつもりだったことは黙っておく。

「よかった。実はあれからまた急な出張で、ずっと仙台にいなかったんだ」

夏の青空が眩《まぶ》しい週明けの朝。燃費重視の国産車のハンドルを握りながら、聡史がすまなそうに言った。運転手つきのセダンで移動するのは仕事の時だけで、プライベートでは自分でハンドルを握るのだという。

「ずっと連絡できなくて本当にごめんね」

連絡すると約束したわけでもないのに、心底申し訳なさそうに謝るから、冬馬の方が恐縮してしまう。

「こちらこそ毎日美味しいご飯をご馳走になって、ほんと感謝しかありません。お礼のメッセージを入れようかとも思ったんですけど、お仕事の邪魔かなって」

これは本心だった。

「もしかして遠慮していたの？」

「そういうわけじゃ……」

何度もメッセージを送ろうとしたのだが、昼間は昼間で仕事中だろうと遠慮し、夜は夜でもう就寝したのではと思い、ぐるぐると悩んだ挙句、結局一度も連絡できずにいたのだ。

「梁瀬くんからのメッセージなら、二十四時間いつでも歓迎だよ」

――歓迎。

本当だろうかという疑念を、嬉しさが追い抜いていく。

「ホントですか？」

「もちろん。確かに毎日あちこち飛び回っているけど、メッセージをチェックするくらいの余裕はあるよ。すぐにはできないこともあるけど、返信は必ずするから……って、初メッセージまで二週間かかった僕が言う台詞《せりふ》じゃないか」

苦笑しながら肩を竦める聡史に、助手席の冬馬は「そんな」と首を振った。

「今日はお誘いありがとうございます」

「こちらこそ、早起きさせちゃってごめんね」

車内の時計は八時を指している。一限目のある日だってまだ家にいる時間だ。

「目的地まであと一時間くらいかな」

東北自動車道を南下していることはわかっているが、聡史は目的地がどこなのか教えてくれない。着いてみてのお楽しみだというのだ。

「ミステリーツアーみたいですね」

「豪華列車じゃないけどね」

「めっちゃワクワクしてきました」

「ご満足いただけるツアーにするよう、鋭意努力いたします」

顔を見合わせてクスクスと笑い合った。

――楽しいな。

昨日メッセージをもらってからずっとウキウキしていた。楽しみにしすぎてなかなか寝つけず、ろくに睡眠を取れていないのに不思議と眠くなかった。

目的地は県内だろうか、それとも県外だろうか。まだ見ぬ行き先に心が躍る。

――そういえばあの日以来だな。ドライブなんて……。

ふと過った暗い記憶も、聡史の「本当にいい天気だねえ」というのどかな声が、一瞬で掻《か》き消してくれた。

南へと走ることおよそ一時間。車が到着したのは県南西部の山地だった。と言っても登山やハイキングを楽しむ山ではなく、山間に広がる畑地だった。

「畑、ですか」

「うちで契約している農家さんの畑。作っているのはトマト、ピーマン、きゅうり、なす、ズッキーニ、枝豆、とうもろこし」

「そんなにいろんな種類を」

「どれも味が濃くて本当に美味しいんだ。ランチプレートで使っているトマトも、久五郎さんのところのトマトだよ」

「久五郎さん……あ」

あの日もらった生産者リストに「佐藤久五郎」という名前があったことを思い出していると、「お～い、社長～～」とどこからともなく声が聞こえてきた。きょろきょろとあたりを見回す冬馬に、聡史は「あそこだよ」と畑の向こう側に並ぶビニールハウスの方を指さした。

目を凝らしてみると、左端のハウスの前で、麦わら帽子を被《かぶ》った老人が大きく手を振っているのが見えた。

「久五郎さ～ん、おはようございま～す」

聡史も大きく両手を振り返し、「行こう」と冬馬を促した。

「ちょうどそろそろ上がっぺと思ってだとこだ」

聡史と冬馬が近づいていくと、日に焼けた顔をにこにこと崩して久五郎が出迎えてくれた。

傍らの籠《かご》には収穫されたばかりと思《おぼ》しきトマトが、朝露に濡《ぬ》れて並んでいる。

「お疲れさまです。あ、こちらが昨日お話しした、僕の友人の梁瀬くんです」

――友人……。

思いがけない紹介に、心臓がトクンと小さく鳴った。

「おうおう、よく来たな」

七十代後半くらいだろうか、少し曲がった腰を拳でぽんぽんと叩く久五郎に、冬馬は「初めまして、梁瀬冬馬です。お邪魔します」と会釈した。久五郎は「ゆっくりしていげ」と皺《しわ》だらけの顔をさらに皺くちゃにして歓迎してくれた。

「どうだ？　今朝のトマトも見事だべ？」

聡史は「ええ、本当に」と籠のトマトを取り上げると、生まれたてのわが子を見るような瞳でじっと見つめた。

「トマトって、こんなに青いうちに収穫するんですね」

ごく自然な疑問に、久五郎が「んだよ」と頷く。

「完熟まで待ってたらダメさ。トマトは枝から離れても、追熟して赤くなっていぐんだ」

食べる人の元に届く時に最適な状態になるように、計算して収穫するのだと久五郎が教えてくれた。

「追熟……」

冬馬は頭の中で漢字変換する。

「普通のトマトの糖度は四～六くらいなんだけんど、うちのトマトは七以上あんだ」

四と七の違いがまったくわからないが、とりあえず「へえ」と頷いてみた。

「甘いだけでなくて、酸味とうま味のバランスも最高なんだ。梁瀬くん、ひとつ食ってみろ」

「えっ」

久五郎の突然のすすめに冬馬は動揺を隠せなかった。生産者にとって、自分の畑で採れた野菜はわが子も同然だろう。苦手だからと拒否したら、きっと気を悪くする。下手をしたら「トマト嫌いの人間をなぜ連れてきたんだ」と思われ、聡史の立場が悪くなるかもしれない。

「えーっと……あの、おれ」

この場を切り抜ける方法をぐるぐる考えていると、肩にポンと聡史の手が乗った。

「久五郎さん、電話でも言いましたけど、梁瀬くん、トマトが苦手なんですよ」

どうやら聡史はこういう展開を予想して、あらかじめ冬馬のトマト嫌いを伝えておいてくれたらしい。

――聡史さん、グッジョブです。

トマト以外の野菜なら美味しく食べられる。冬馬は胸を撫で下ろしたのだが。

「梁瀬くんは、トマトまったく食わねえのが？」

「……すみません、ちょっと苦手で」

「んではなおさらだ。いい機会だから、おらほのトマト食ってみろ」

「えっ」

なんでそういう話になるのか。

「大人になってもトマトを食えない人ってのは、大体子供の頃に不味いトマト食って、それがトマトの味だと思い込んじまってんだ。アレルギーがあるわけじゃねえんだべ？」

「……はあ、でも」

「なんやかんや言ってもよ、トマトは丸ごと生でかぶりつくのが一番美味いんだ。あっちに完熟のがあっから、ついてきな」

「え、あ、……はい」

――どうしよう……。

『フレンチ・杜』に通っておよそ二週間。毎日ほっぺたが落ちるほど甘くて美味しい野菜をたらふく食べさせてもらい、もう「野菜嫌い系ユーチューバー」などと名乗れないほど野菜の美味さと奥深さを知った冬馬だが、トマトだけは未だに避け続けている。

ババロアでさえ手を出せずにいるというのに、生で、しかも丸ごとかぶりつくなんていくらなんでもハードルが高すぎる。

「久五郎さん、彼は」

「社長も一緒に食うべ？」

「ああ、はい、いただきます」

聡史が出そうとした救いの手をさらりとかわし、久五郎はとことこと先を行ってしまった。

――困ったな。

ビニールハウスの脇道を五分ほど登ったところに、久五郎の家があった。瓦屋根の立派な一軒家で、陽当たりのよい縁側に、小柄なお婆《ばあ》さんがちんまりと座っていた。久五郎の妻・早苗《さなえ》だという。

「こりゃまた、お人形さんみでぇにめんこい坊ちゃんだごど。ゆっくりしていがいね」

早苗はトマトだけでなく、きゅうりやなすの漬物、茹でたとうもろこしなども用意してくれていた。

「じいちゃんのトマトはほんっとーに美味いよ？　いっぱい食っていぎな」

早苗のにこにこ顔はまるでお地蔵さまのようで、冬馬は喉元まで出かかった「ＮＯ」を呑み込んでしまう。聡史と並んで縁側に腰を下ろした冬馬は、意を決してトマトを手にした。

「では、いただきます」

せめてもと塩を多めに振りかけ、がぶりとかぶりついた。

「……ん？」

え、うそ。それが最初の感想だった。

冬馬の記憶にあるトマトは、とにかく青臭く酸っぱくて苦みすらあった。ところが今口の

中に広がっているのは、酸っぱさでも苦みでもない、まるでフルーツのように爽やかな甘みだった。

——これが、トマト？

「どうだ？　うめべ（美味しいだろ）？」

冬馬はコクコクと何度も頷く。その様子に、久五郎と早苗は顔を見合わせて、にこにこ笑った。

「塩振らねで食ってみな？」

早苗に言われ、今度は塩をかけずに食べてみる。

「ん〜、甘いです」

塩に頼らなくても、トマト本来の甘さを存分に感じることができた。

「んだべ？　これが本物のトマトの味さね」

冬馬は夢中でトマトを頬張った。傍らの聡史が始終優しい瞳で見つめているのも気にせず、あっという間に丸ごとひとつトマトを平らげてしまった。

きゅうりやなすの漬物も、茹でたてのとうもろこしも、どれもこれも瑞々《みずみず》しくて美味しくて、冬馬は次々と箸を伸ばした。

「美味しい……なんだろもう、どれもこれもめちゃくちゃ美味しいです」

己の語彙《ごい》のなさを呪ったが、それでも感動はちゃんと伝わったらしい。

「梁瀬くんは細っこいのに、いい食いっぷりだなあ。気に入ったぞ」

あははは、と久五郎が嬉しそうに笑った。

「すみません、ガッついちゃって」

さすがに恥ずかしくなって箸を置こうとする冬馬を、早苗が「遠慮すっことないよ。もっと食べな」と止めた。

「自分たちが作った野菜を、美味い美味いって食ってもらえるのが、農家にとっちゃあ一番の幸せなんだから」

早苗の言葉に、久五郎も「んだ」と頷いた。

「社長が『お宅の野菜を使わせてほしい』って初めて家さ来た時も、出した野菜全部『美味い、美味い』って平らげてくれたんだ。それが嬉しくてなあ、俺はその場でOKしたのさ」

「懐かしいですね。あれからもう八年ですか」

「んだなあ。懐かしいなあ」

それからしばらくの間、聡史と久五郎は『フレンチ・杜』で出す新メニューについて、あれこれ意見を交わしていた。生産者がメニュー開発にまで関わっていると知り驚いたが、考えてみれば野菜の美味さや特性を一番知っているのは、生みの親である彼らなのだ。

久五郎と熱く意見を交わす聡史の横顔は真剣そのものだ。仕事モードの聡史は普段の三割増しで格好よくて、冬馬は手にしたとうもろこしを齧《かじ》ることも忘れて、ついポーッと見つめてしまった。

たくさんの野菜と、早苗の手製だというずんだ餅まで手土産にもらい、久五郎の家を出た時には昼近くになっていた。

「さて、お昼ご飯、どうしようか」

山道を下りながら、聡史が尋ねた。

「さすがにまだお腹いっぱいです」

満腹のお腹を擦《さす》ってみせると、聡史はハンドルを握ったまま「だよね」と笑った。

「トマト食べてごらんって言われた時、顔面蒼白《そうはく》になってたね」

「バレてました？」

「梁瀬くん、結構顔に出るからね」

それは優也にも時々言われる。

「でも本当に美味しかったです。トマト嫌い、今日で完全に克服しました」

もしかしたら聡史は、こういう展開になることを読んでいて、あえて冬馬を久五郎の元へ連れてきたのかもしれない。だとしたらすっかり彼の術中に嵌《はま》ってしまったことになるけれど、それならそれでいいやと思えた。またひとつ美味しい食べ物を知ったことは、冬馬にとってプラスでしかないのだから。

「トマト、食わず嫌いだったの？」

「小さい頃に一度だけ、食べたことはあるんですけど……」

『ママ、みてみて、大変！』

『どうしたの、冬馬』

『トマトの赤ちゃんができたの！　ほら、ここにちっちゃいのが』

『どれどれ？　……あ、本当だ。トマトの赤ちゃんね』

また古い記憶が蘇る。あの日車の中でまだ半分青いトマトの実をこっそり口に入れた。潤んだ瞳で見つめた車窓は、どんな景色を映していたのか――。年を重ねるごとに思い出せなくなっている。

「トマトにかぶりついている梁瀬くん、可愛かったなあ」

ロープの切れた小舟のように、時折ふわりと記憶の湖を漂いそうになる冬馬を、現実という岸に引き戻してくれたのはまたしても聡史だった。

「二十歳過ぎた男に、可愛いとか言わないでください」

ぷーっと膨れてみせながら、聡史がロープを手繰《たぐ》り寄せてくれたことにホッとする。

「ごめんごめん。でも本当に、すごく可愛かったから」

聡史は正面を向いたまま、その時の冬馬を思い返すようにしみじみと言った。

「か、からかわないでください」

物心ついた頃から冬馬のルックスを称する言葉は「かっこいい」ではなく「可愛い」だっ

た。大人になった今でも、大学の友人や動画の視聴者から「可愛い」と言われることは珍しくないし、特に褒められているという意識もない。

なのになぜだろう、聡史から向けられると、胸の奥がざわざわとする。

「からかってなんかいないよ。僕の本心だ」

聡史は助手席の冬馬にチラリと視線をよこし、その口元をふわりと緩めた。

「ほらまた赤くなった」

「えっ……」

頬を両手で挟んでみると、確かに少し火照《ほて》っている。

「完熟だ」

「……やっぱりからかってますよね」

横目で睨む冬馬に、聡史は「ごめんごめん」と口先だけの謝罪を口にする。

「怒った？」

「……ちょっとだけ」

怒ったふりくらいなら、してもいい気がする。

「それは困ったな。このままドライブを延長して、美味しい晩ご飯を食べて帰ろうって言ったら、機嫌直してくれるかな」

「え、本当ですか？」

てっきりこのまま仙台に帰るものだとばかり思っていた冬馬は、思いもよらない提案にぱっと瞳を輝かせた。

——晩ご飯まで綿谷さんと一緒にいられるんだ。

「和食なんてどう？」

「最高です。でも、いいんですか？」

うきうきと弾む心を止められない。冬馬は頬をてろんと緩めたのだが。

「毎日フレンチじゃ、さすがに飽きるよね」

不意に放たれたひと言に、冷や水を浴びせられた気がした。

——聞こえていたんだ。

『いくらオシャレフレンチって言ったって、毎日じゃなあ。だんだん飽きてきた気がする』

『美味い飯が食えるし一ヶ月分の食費が浮くし超ラッキー、みたいな？』

『ま、どっちにしてもおれたちとは別世界の人だよ。あっちにしてみたら、貧乏学生に飯食わせるくらいどうってことないんだろ。慈善事業みたいなもんだよ』

あの時の失礼極まりない台詞の数々を思い出し、冬馬は青くなった。優也との関係に亀裂が入るのが怖くて思わず口を突いた言葉たちは、どれも本音とはほど遠い。

「あの、あの時のあれは」

「いいんだ」

聡史は冬馬の言い訳を笑顔で遮った。

「あれはきみの本音じゃないだろ？」

「えっ」

「だって本当に飽きたなら、律儀に毎日店に通ったりしない。それに今日のきみを見ていれば、あれが本音じゃないってことはわかる」

「それでも……」

だとしても一度口に出した言葉には責任を持たなくてはならない。冬馬は「本当にすみませんでした」と頭を下げた。すると聡史はなぜかひとりでクスクス笑いだした。

「赤くなったと思ったら、今度は青くなって。梁瀬くん、前世はトマトなんじゃない？　それともトマト食べたからトマトになっちゃったのかな」

「…………」

心臓が痛くなるほど申し訳ないと思っているのに、聡史はまるで気にする様子もなく、「そんなことよりどうしようね」と、冬馬の失言を「そんなこと」で片づけてしまった。

「晩ご飯までずいぶん時間がある。梁瀬くん、どこか行ってみたいところはある？」

「行ってみたいところですか……うーん」

突然訊かれても、すぐには浮かんでこない。

「リクエストは山方面？　それとも海方面？」

何気ないその問いに、冬馬の心臓はドクンと跳ねた。

——海……。

耳の奥に、ざざーっと波の音が響いた。

——行ってみようかな、綿谷さんと。

ふと過った思いを、冬馬は即座に握り潰す。

——何を考えてるんだ、おれ。

「ごめん、迷わせちゃったかな?」

「いえ、それじゃ、えっと、う……」

途端に心臓の音が大きくなり、続く台詞を呑み込んでしまう。

「海だね。ＯＫ」

「ああっ、ごめんなさい、やっぱり山がいいかな」

聡史はきょとんとした様子で二度三度と瞬《まばた》きをしたが、すぐに「了解」と微笑んだ。

「すみません。コロコロと」

「気にすることないよ。そうだなあ……山ならオーソドックスだけど蔵王はどう?」

「あ、いいですね」

冬馬はパッと破顔する。

「実はおれ、蔵王行ったことないんです」

聡史は「そうなんだ」と意外そうな顔をした。仙台の大学に通っているのに、蔵王に行ったことがないなんて、確かにちょっと珍しいかもしれない。けれど日々アパートと大学とバイト先を結ぶ三角形をなぞるだけの冬馬は、蔵王連峰にも県内の他の山々にも近づいたことすらなかった。

「よし。それじゃあ蔵王に向かおう」

聡史がアクセルを踏み込む。

「御釜、見られますか?」

蔵王連峰の主峰、熊野岳の山頂にある美しいカルデラ湖を、一度見てみたいと思っていた。

「近くまでは行けるよ。ただ御釜のあたりはガスがかかっていることが多いからなあ。運がよければ見られるかもね」

どうか御釜が見られますようにと祈りながら到着した山頂は、残念ながら一面ガスに覆われ、御釜はその姿を現してはくれなかった。写真の一枚くらい撮りたかったのにと残念がる冬馬に、聡史は「次に来た時にはきっと見られるよ」と微笑んでくれた。

そうですねと答えながら、ふと思う。

——次なんてあるのかな。

もしあったとしても、聡史は一緒だろうか。自分ではない誰かと、聡史はまたここへ来るのだろうか。気づけばそんなことを考えていた。

「どうしたの？」

「えっ……ああ、いえ、なんでもありません」

「朝早かったから、疲れちゃったかな？」

「平気です！」

体調が悪いならこのまま帰ろうか、なんて言われたら大変だ。

「前は朝が苦手だったんですけど、『杜』で食事をするようになってから、寝つきもよくなったし、朝もすっきりと起きられるようになったんです」

賭けをしていることも忘れ、冬馬は必死に捲し立てた。

「きっと睡眠の質がよくなったんだよ。いい傾向だね」

出会いが出会いだったから、聡史は冬馬のちょっとした様子の変化に敏感だ。申し訳ないような気がする反面、自分のことを気にかけてくれているのだと思うと、嬉しいような恥ずかしいような、果実のように甘酸っぱい感情が湧き上がってくる。

うずうずと甘く疼《うず》く胸を押さえ、冬馬は「おかげさまで」と小さく答えた。

それから聡史は冬馬を高原の牧場へ連れて行ってくれた。お腹はいっぱいだったのだけれど、どうしても我慢できずにソフトクリームを食べた。新鮮な牛乳で作るソフトクリームはなめらかで濃厚でとても美味しかった。

「今日一日でおれ、百回くらい美味しいって言ったかも」

「まだ折り返しだよ。晩ご飯であと百回、美味しいって言ってもらうからね」

数時間後、聡史の軽口が決して大袈裟ではなかったことを冬馬は知る。蔵王から仙台に戻ったふたりは、市内の外れにある『あおば』という和食店に入った。やはり『テロワール』が経営する店だ。割烹《かっぽう》と言っても差し支《つか》えない新鮮で高級な食材を使っているにもかかわらず良心的な価格設定なので、市内外から訪れる客で連日賑わっているのだという。

その夜も、店内は活気にあふれていた。カウンター席もテーブル席もいっぱいだったが、聡史が事前に予約を入れていたらしく、ふたりは小上がりの和室に通された。

「梁瀬くん、日本酒はいける？」

「あんまり飲む機会がないんですけど、お酒の中では日本酒が一番好きです」

「ならよかった。僕は運転するから飲めないけど、梁瀬くんは遠慮なく飲んでね」

「え、でも」

自分ひとりだけ飲むなんてと遠慮する冬馬に、聡史は静かに首を振った。

「実はきみに飲んでほしいお酒があって、ここに連れてきたんだ」

「そうなんですか？」

「カウンターにずらっと一升瓶が並んでいたでしょ？　あれは全部宮城の地酒なんだ」

数ある地酒の中から聡史と店長と板前が、何日間も頭を突き合わせて選び抜いた美酒ばかりなのだという。そういうことならと、冬馬は聡史の一推しだという『伯楽星』の純米吟醸を冷で一杯もらうことにした。爽快でキレのある飲み口が、料理の美味しさを引きたててくれるのだという。

ワイングラスで運ばれてきた地酒とウーロン茶で乾杯する。

「う～ん、美味しい」

ひと口飲むなり、冬馬は語尾にハートマークをつけて微笑んでしまった。

「フルーティーっていうか、ちょっとバナナみたいな香りがするような」

冬馬の感想に、聡史は目を見開いた。それがこの酒の特徴なのだという。

「前から思っていたんだけど、梁瀬くんって思いのほか味覚が鋭いよね」

あんなジャンキーな食生活をしている割には、と言いたいのだろう。

「食レポもなかなか堂に入ってるし」

「『テロワール』の広報として雇ってくださいよ。いい仕事しまっせ?」

おどける冬馬に、聡史は「前向きに検討させていただきます」と笑った。本気ではないとわかっていても、ちょっぴり嬉しくなってしまう。

そうこうしているうちに、聡史が見繕ってくれた料理が次々に運ばれてきた。刺身の盛り合わせ、季節の野菜と魚介の天ぷら、穴子の白焼き、鴨肉《かもにく》のロースト——どれもこれも美味しくて、冬馬はひと口頬張るたびに目を丸くしたり、身悶えしたりしなくてはならなかった。

「美味しい顔選手権があったら、梁瀬くん間違いなく優勝だね」

「だって本当に美味しいんです。夢の饗宴《きょうえん》です。オールスターです」

「賑やかで楽しいね」

聡史は天井を仰いで笑った。

昆布締めの平目で生ウニを巻いたひと皿は特に絶品で、飲み込んでしまうのが惜しいくらいだった。

「梁瀬くんはウニが好物なんだね」

冬馬はふるんと首を横に振る。

「実はウニ、生まれて初めて食べました」

告白すると、聡史は無言のままゆっくりと視線を上げた。

「正直に言うとウニだけじゃなくて、平目も穴子も鴨も初めてです。ついでに牛タンも、あの時食べたのが初めてでした」

子供の頃からずっと貧乏で、今も変わらず貧乏です。皆まで言わずとも伝わったのだろう、聡史は表情を動かさないまま「そうだったんだね」と言った。

——やっぱり。

我知らず口元に小さな笑みが浮かんだ。

冬馬は必要に迫られない限り、自分の生い立ちを話さない。ユーチューブチャンネルでは笑いを取るために貧乏ネタを披露することもあるが、実生活では意図して控えている。

貧乏を恥じているからではない。貧乏ネタは時に自慢と取られ、うざがられるからだ。以前優也が『貧を誇るは、富を誇るよりもさらに卑し』という昔の詩人の言葉を教えてくれたがまったくもって同感だ。貧乏あるあるで盛り上がる相手は、優也だけと決めている。

けれどなぜだろう、聡史には話してもいいと思えた。酒の勢いなんかじゃない。聡史はきっと冬馬の貧乏話をうざがったりしない。蔑んだり哀れんだりもせず、ただ黙って受け止めてくれる。出会った時からずっとそんな気がしていた。

幼い頃両親を亡くして遠縁の親戚を転々とし、六年生からは児童養護施設で育ったこと、それでも勉強だけは手を抜かず今の大学に合格を果たしたこと、奨学金とアルバイトでなんとか生計を立てていること——。猪口《ちょこ》片手の語りに、聡史はじっと耳を傾けてくれた。

「あ、なんか湿っぽい話になっちゃいましたね。すみません」

こんな台詞も聡史の前なら、変におちゃらけたりせず口にできるから不思議だ。聡史は静かに首を振った。

「そんなことないよ。話してくれてありがとう」

「勘違いしないでほしいんですけど、今おれ、毎日それなりに逞しく楽しく暮らしているんで。心配しないでくださいね」

聡史はいつもの優しい瞳で「わかっているよ」とひと言、だけどとても力強く言った。

——話してよかったな。

胸がじんわり温かくなっていくのは、気づけば空にしてしまった『伯楽星』のせいだけではなさそうだ。


大満足の夕食を終え、店を出た頃にはあたりはすっかり暗くなっていた。勧められたとはいえ自分だけ美味しい地酒を楽しんでしまったことを詫《わ》びると、聡史はハンドルを握りながら「酔った梁瀬くんを見られたから、僕も美味しかった」とわけのわからない返事をした。

「そういえばテロワールって、どういう意味なんですか？」

以前から尋ねてみたいと思っていた。

「僕が『テロワール』を立ち上げる前に、フランスに修業に行っていたことは知っているよね？」

「ええ」

ホームページの社長略歴の欄にそう書いてあった。

「最初の渡仏は大学生の時——そう、ちょうど今の梁瀬くんと同じ年頃だった」

聡史は一年間フランスの、特に地方の食文化に触れる機会を多く持ったという。

「フランスには古くからキュイジーヌ・テロワールっていう言葉があるんだ。直訳だと『大地の料理』かな」

「大地の料理？」

「その土地で採れた作物を使った料理を、そのまま食べるっていう意味なんだ」

「あ、それって地産地消ですね」

聡史が嬉しそうに頷く。

「フランスは郷土色が豊かな国でね、それぞれの地方がそれぞれの土地で作る作物に、強い誇りを持っているんだ。地産地消の考えが、古くから浸透しているんだね」

「へえ……」

フランスと言えばエッフェル塔や凱旋門《がいせん》といった大都市のイメージが強いが、パリを離れれば自然豊かな土地で作物を育てている人々がいる。そんな当たり前のことに、今さらのように思い至った。

「どこのレストランでも、その地域で作られた食材をメインに使う。もちろん足りないものは業者から仕入れるけれど、基本はその土地の食材なんだ」

そういったフランスの食文化に、大学生の聡史は強いカルチャーショックを受けたという。

「日本ではふつう、まずシェフが作りたい料理があって、それに合う食材を探すでしょ？」

「ええ」

「フランスは逆なんだ。生産者さんから届く旬の食材がまずあって、シェフはそれに合わせてメニューを考える。あくまで主役は食材で、僕たちはその食材の美味しさを最大限に引き出す、いわばプロデューサーみたいなものだね」

「じゃあ『杜』のメニューは綿谷さんが考案されているんですか？」

聡史は「いや」と首を振った。

「僕たちって言ったでしょ？　メニューはみんなでアイデアを出し合って決めるんだ」

その食材が一番生きる調理法は何か。味つけは何か。シェフだけでなく聡史や生産者たちも、みんなで意見を出し合って考案するのが常なのだという。

「主役は食材、か……」

久五郎と話し合っていた聡史の横顔を思い出したら、なぜだか胸がきゅんとした。優しい笑顔もいいけれど、仕事に向かう真剣な顔はもっと素敵だ。

――まあイケメンって、どんな顔してもイケメンなんだけど。

一年の留学を終えて帰国したものの、フランスの食文化に抱いた関心や畏敬の念は消えなかった。それどころか時間を経るごとに膨れ上がり、大学卒業を機にもう一度渡仏し、帰国するなり『テロワール』を立ち上げたのだという。

「すごいなあ。おれと同い年の時には、自分の進むべき道をちゃんと見つけていたんですね」

とにかくお金持ちになりたい、ゆくゆくはカリスマユーチューバーか総理大臣に、などと大真面目に言って親友に「小三」と揶揄《やゆ》されている自分とは大違いだ。

「今考えるとずいぶん無鉄砲なことをしたものだと思うけどね」

「でも後悔はしていないんですよね？」

「一切していない」

あまりにきっぱりと言い切るので、冬馬は小さく噴き出してしまった。穏やかな表情の裏に隠した強い意思を感じる。聡史の新しい一面を垣間見たようで、ちょっぴり嬉しかった。

「どうして笑うの？」

「気にしないでください」

「気になるよ」

「じゃあ気にしていてください」

「梁瀬くん、意外と意地悪だな」

会話を弾ませるうち、いつしか車は市街地に入っていた。あと五分も走れば冬馬のアパートに着く。一日中一緒にいたのに、まだ別れがたい。

——一日中一緒にいたから、かな。

楽しすぎて終わりが来るのが惜しい。そんな一日を過ごしたのは一体いつ以来だろう。

「朝から晩までつき合わせちゃったね。疲れなかった？」

「全然。今日は本当にありがとうございました」

「楽しんでもらえたかな」

「それはもう！」

冬馬は首がもげそうな勢いで何度も頷いた。

「こんなに楽しいドライブ、生まれて初めてでした。なんてお礼を言えばいいのか」

「お礼なんていらないよ。その代わり」

最後の角を曲がると、冬馬のアパートが見えてきた。駐車場の前で車を停車させると、聡史は助手席を振り向いた。

「またつき合ってもらえると嬉しいな」

「……え」

「こんなふうにきみとまた、ドライブしたい」

外灯のオレンジに照らされた聡史の瞳が、気のせいかいつもより甘い。

「今度は今日行けなかった海に」

「海……」

「……ダメ？」

熱っぽい声で問われ、身体の奥がぞくりと疼いた。

――もしかして綿谷さん、おれのこと気に入ってくれてたりして……？

もし聡史が自分にほんのちょっぴりでも好意を抱いてくれているのだとしたら……。

――いやいや好意ってなんだよ。

冷静になろうとすればするほど、心臓のバクバクは激しくなっていく。

「どうしたの、梁瀬くん、顔が赤い――」

聡史が首を傾げた時、彼のポケットから振動音が聞こえてきた。

「ああ……電話だ。ちょっとごめんね」

すまなそうに聡史が車から降りる。ほんの一瞬、冬馬の視線は彼の手にあるスマホの液晶を捉えた。そこに映し出されていたのは、女性の名前だった。

菜々美《ななみ》。仕事相手なら苗字かフルネームで登録するだろう。名前だけで登録するのはプライベートな関係の、しかもある程度親しい相手だ。

「そう言うなよ、お前はいつも……僕だってちゃんと……あはは、だからあれは」

ドアガラス越しに声が聞こえる。こちらに背を向けて楽しそうに話す聡史に、腹の奥がすーっと冷えていくのを感じた。この間『フレンチ・杜』近くの路上で話していたのとは、明らかに違う口調。

あの時の電話はおそらく仕事相手からだったのだろう。けど今日の相手は……。

「……え、今から？　悪い、今夜はちょっと無理だな」

聡史がちらりとこちらを振り返った。冬馬は慌てて視線を外す。どうやら今から会いたいという連絡だったらしい。

冬馬を「きみ」と呼ぶ聡史が、気軽に「お前」と呼ぶ相手。それはおそらく恋人か家族だろう。姉か妹の可能性もあるが、こんな夜に電話で「会いたい」と言ってくるのは、家族ではないような気がする。

三十代で会社社長。しかもすれ違う女性が二度見しそうな恵まれたルックスときている。考えてみれば恋人がいない方がおかしいし、そもそもそんな何もかもに恵まれた男が、なんの取り柄もない貧乏学生の自分に特別な感情を抱くわけがない。

ドライブに、それもたった一度誘われただけなのに、ちょっとばかり特別な関係になれたような気になっていた。聡史が冬馬に恋人の有無を知らせる義務はどこにもない。頭ではわかっているのに、胸にもやもやしたものが広がっていく。さっき御釜を覆っていた白い靄《もや》を連れてきてしまったようだ。

数時間前、失礼な台詞の数々を詫びる冬馬を、聡史は笑って許してくれた。けれど冬馬の発言を否定することはなかった。慈善事業なんかじゃないよとは言ってくれなかった。

――当然だよな。

恋人でもない、知り合ったばかりの学生に、毎日タダでご飯を食べさせることが、慈善事業でなくて一体なんだというのだ。

電話はまだ続いている。時間潰しにポケットからスマホを取り出すと、優也からメッセージが入っていた。

【この間お前が面白そうって言ってた映画、来週末地上波でやるみたい。俺も観たいから俺んちで上映会しようぜ】

映画館に行くお金がないふたりは、地上波で放映されるのを待って鑑賞会をする。ポップコーンと炭酸飲料を用意し、部屋を暗くするとそれなりに気分が上がる。

聡史はどんな映画が好きなのだろう。ふとそんな思いが過る。

――今の電話、映画の誘いだったりして。

【OK。楽しみにしてる】

短い返信をして視線を窓の外に移す。気づいた聡史が、待たせてごめんねというように顔の前に片手を上げた。冬馬は笑顔で首を横に振る。電話はまだ終わらない。

待たされることはちっとも気にならない。気になるのは通話の内容だ。

ほどなく聡史がスマホをポケットに突っ込むのが見えたので、冬馬は車を降りた。

「ごめんね、お待たせしちゃって」

聡史は申し訳なさそうに謝罪しながら、助手席側に回ってきた。

「全然平気です。お仕事の電話だったんですか？」

さりげなく探りを入れる。聡史は「そんなとこかな」と答えを曖昧《あいまい》に濁した。仕事相手を下の名前オンリーで登録していたら、それはそれで問題だろう。

「お休みの日まで大変ですね」

「休みなんてあってないようなものだから」

「身体壊さないようにしてくださいね……って、おれが言うのも変ですけど」

「ありがとう」

聡史がふわりと目元を緩めた時、今度は冬馬のスマホが振動した。聡史がチラリと視線をよこす。

「多分優也からです」

「ああ、この間の。藍沢くんだっけ」

「はい」

「仲がいいんだね」

普通の友達ですよ。そう答えようとしたのに、飛び出したのはまったく別の台詞だった。

「実は優也、これから遊びに来るんです」

気づいたらそんなうそが口を衝《つ》いて出ていた。

「え、今から?」

「あいつのアパート、ここから近いんですよ」

「そうなんだ……」

聡史は腕時計に視線を落とした。

「おれとあいつは、いっつもこんな感じで」

「この時間に来るってことは、泊まっていったりするの?」

「帰るのが面倒になったら泊まります。おれもしょっちゅうあいつん家に泊まるし」

うそだった。逆にアパートが近いから、互いの家に泊まることは滅多《めった》にない。

「……そう」

聡史は一瞬表情を曇らせたように見えたが、すぐにいつもの笑顔に戻る。

「時間に囚《とら》われずに友達と遊べるのは、学生の特権だからね」

「そうですね。でも他のやつは泊めたりしません。優也はおれにとって特別な存在だから」

特別という言葉を強調すると、聡史が小さく眉根を寄せた。

――何言ってんだ、おれ。

自分でついたうそに、冬馬は内心困惑する。

「トウリスってあだ名も、実はあいつがつけてくれたんです。小六の時に」

「……へえ」

「おれ、めちゃくちゃ気に入っていて。だから『ドンと来い！　貧乏飯』を開設した時、迷わずトウリスって名乗ろうって決めたんです。あいつも喜んでくれました」

訊かれてもいないことをべらべらと喋った。聡史はどこか複雑な表情で「そうだったの」と呟いた。

「そういうことなら、僕はそろそろ失礼するね」

聡史はくるりと背を向け、運転席側に回った。

「今日は本当にありがとうございました。すごく楽しかったです」

さっきは心から言えた台詞が、今はなんだかそらぞらしい。

「楽しんでもらえてよかったよ。それじゃ」

またねとは言わなかった。聡史は車に乗り込むと、すぐに発進させてしまった。遠ざかっていくテールランプを、冬馬は手を振ることも忘れてじっと見送る。

——何やってるんだろう、おれ。

こんなに楽しい一日をプレゼントしてもらったのに、最悪の別れ方をしてしまった。

「だって綿谷さんが……」

言い訳しようとして首を振った。聡史は何も悪くない。冬馬が勝手にもやもやして、勝手に拗ねて、勝手に当てつけるようなうそをついただけだ。

——当てつけにもなっていなかったけど。

それでも、あれでは優也といる時間が一番楽しいと言ったも同然だ。忙しい日々の合間を縫って、精一杯自分を楽しませてくれた相手にぶつける台詞ではない。

「またやっちゃった……」

外灯の下で、冬馬は頭を抱えてしゃがみ込んだ。聡史が絡むと、なぜだか感情の起伏が大きくなってしまう。上がったり下がったり、心がジェットコースター状態で、いつもの自分じゃないみたいだ。

『こんなふうにきみとまた、ドライブしたい』

聡史の声が蘇る。長いため息をアスファルトに落としながら、あの問いかけにまだ答えていなかったことに気づいた。

もしかしたら今頃、聡史はどこかで車を停《と》めて、菜々美に電話をしているかもしれない。「やっぱり今から会おう」と。そんな想像が頭を過り、胸がぎゅっと鈍く痛んだ。

「……何考えてるんだ、おれ」

またひとつため息を落としたら、暗い夜空からぽつりぽつりと雨が落ちてきた。

月曜の夜に降り出した雨は次第に強くなり、翌日は一日中激しい雨が降り続いた。心弾むドライブの終わりに、すべてを台無しにするようなことをしてしまい、冬馬の心は外の景色と同じような土砂降りだった。

『……ダメ？』

聡史の熱っぽい声を何度も思い出し、昨夜はほとんど眠れなかった。

——ダメじゃないです。おれもまた綿谷さんとドライブに行きたいです。

伝えそびれた気持ちが、ハムスター用の滑車のようにカラカラと虚《むな》しく回る。記録的な大雨で午前の講義がすべて休講になったのをいいことにぐずぐずとベッドから出ないまま、気づけばランチが始まる時刻が近づいていた。

──行こうかな……やめようか。

『フレンチ・杜』に行くことを迷っていたのは、もちろん降りしきる雨のせいではない。別れ際の問いの答えを告げたい気持ちもある。けれど菜々美がもし聡史の恋人だとしたら、あの誘い自体本気ではなかったことになる。一度ならず二度も「お言葉に甘えて」などと答えたら、社交辞令という言葉を知らないのかと呆《あき》れられる。

──でも……。

聡史に会いたいのか、会いたくないのか。自分の気持ちがわからなくなってしまった。

「ああもうっ、どうすればいいいんだっ」

頭を抱えた時、傍らのスマホがチャリンと鳴った。すわ聡史からかと、冬馬はひったくるようにスマホを手にしたが、メッセージの送り主は優也だった。

【今日も『杜』行くの？】

【なんで？】

【バイト先でマッチュのタダ券もらったんだ。ふたり分もらったから一緒に食わないか？】

ジャンクフードをなるべく口にしないようにと聡史に言われていることは、優也には話していない。アパートの屋根を叩く雨音が一層強まってきた。少し迷って、冬馬は【今日は『杜』には行かない。マッチュ待ってる】と返信をした。

一時間後、マッチュを手に優也がやってきた。『フレンチ・杜』には大雨を理由に今日は行かない旨連絡を入れた。

「やっぱマッチュは美味いな。この間のフレンチも美味しかったけどさ、それとマッチュはまた別だよな」

優也はそう言って新発売のハンバーガーにかぶりついた。「だな」と相槌《あいづち》を打ってみたものの、冬馬は心の中で「ん？」と首を傾げていた。

——なんか味が……。

冬馬や優也にとってマッチュは、バイト代が入った時にだけ食べられる、いわば褒美だ。今月もよく頑張ったよな、ご馳走を食って来月も頑張ろうぜ。そんな意味合いを込めていたからだろう、Lサイズの炭酸飲料で流し込むハンバーガーは、いつも五臓六腑《ろっぷ》に染み渡るほど美味い。

それなのに今日は、食べなれたそれとはまるで別物のように感じる。やたらと味が濃くて、冬馬はひっきりなしに炭酸飲料を口にした。その炭酸飲料もびっくりするほど甘ったるい。優也はいつも通り美味しそうに食べているから、商品がリニューアルされたわけではなさそうだ。

——おれの味覚が変わったってことか……。

『ほらまた赤くなった』

からかうような聡史の声を思い出したら、久五郎のトマトが食べたくなってしまった。

翌日も雨は続いていたが、冬馬は意を決して『フレンチ・杜』を訪れることにした。部活をさぼった翌日のようにおずおずと扉を開くと、スタッフたちはいつものように「いらっしゃいませ」と明るく迎えてくれて、ホッとするのと同時に申し訳ない気持ちにもなった。

それでも野菜がてんこ盛りのランチプレートを前にすると、自然に頬が緩んだ。食材に纏《まつ》わるいろいろな話を聞いたせいか、ひとつひとつの野菜が愛《いと》おしく思えた。

——このトマトも、久五郎さんが作ったのかな。

いつもは残してしまうサラダのトマトを、真っ先に口に運んだ。

「……美味しい」

あの日縁側で食べたトマトの味だった。こんなに甘くて美味しいトマトを二週間も避けていたとは。もったいないことをしたと今さらのように後悔していると、背後から「梁瀬くん」と肩を叩かれた。

「あ……」

振り返った先に立っていたのは聡史だった。たった二日会わなかっただけなのに、何年もその姿を待ち焦がれていたような気がする。心臓がバグを起こしたように鼓動が乱れ出し、まずは一昨日《おととい》の礼をと思うのに、「あの」と言ったきり言葉が続かない。

「昨日来なかったんだって？　昨日は朝から秋田に行っていて、さっき知ったんだ。もしかして一昨日のドライブの疲れが出たのかなって、ちょっと心配になった」

聡史のスーツにはいくつもの雨粒が光っている。

——仕事の最中にわざわざ寄ってくれたんだ。

そう思ったら心がじんわりと温かくなった。

「昨日は雨がひどかったので、お休みさせてもらったんです。ごめんなさい」

「いいんだ。それを聞いて安心したよ。藍沢くんは泊まっていったの？」

「え？」

なんのことだろうと一瞬戸惑ったが、すぐに一昨日の夜のうそを思い出した。

「あ、ええ……泊まっていきました」

つい重ねたうそに、聡史は「そう」と微妙な面持ちで頷いた。

——そんな顔するの、ずるいよ。

まるで優也が泊まったことを、面白く思っていないように見える。そんなわけないのに。

「藍沢くんとは本当に仲がいいんだね」

「親友ですから」

自分だって菜々美さんと随分楽しそうに話していましたよね。喉まで出かかった台詞をぐっと呑み込んだ。

「でもまだ本調子じゃないんだから、夜更かししないで早めに休んだ方がいいと思うよ」

「子供じゃないので、自分の体調管理くらいできます」

体調管理ができずに倒れておきながら一体何を言っているんだと、自分で自分にツッコミを入れる。聡史は一瞬ハッとしたように目を見開いたが、すぐにいつもの穏やかな笑顔に戻り「そうだね」と頷いた。

「僕はちょっと心配しすぎかもね。ごめん」

「……いえ」

優しくされればされるほど、自分がどんどん嫌な人間になっていく気がする。恋人がいようがいまいが、ありえないほどの恩を聡史から受けていることに変わりはないのに。

「それじゃ、ゆっくりしていって。雨が強いから、帰り道は気をつけてね」

そう言い残して聡史は足早に去っていった。後部座席に聡史が乗り込むのを待って、セダンは雨のけぶる住宅街に消えていった。

——何も伝えられなかった。

まずは楽しかったドライブのお礼を言って、味覚が変わり始めていることを報告して、それから「一日来なかっただけで『杜』不足になっちゃいました」と笑ってみせる。昨夜から何度もシミュレーションしていたのに、ひとつとして実現できなかった。

何よりあの日の問いかけに、ちゃんと答えたかった。たとえ社交辞令だったとしても、それでもやっぱり嬉しかった。またドライブに誘ってほしい。でも。

——もう無理かも。

怒ることがあるのだろうかと思うほどいつも穏やかで優しい聡史でも、こんな態度を取られたら、顔には出さなくても内心ムッとしているに違いない。

冬馬はぎゅっと唇を嚙《か》んで俯いた。いつもはぺろりと平らげるランチプレートが、今日はなかなか減らない。胃の奥がずんと重い。腹にはまだ余裕があるはずなのに、食欲がなくなってしまった。

「残すのか」

背後からの声に、冬馬はハッと振り返った。パーティションの横に腕組みをして立っていたのは、コックコート姿の高柳だった。

「すみません……いただきます」

「無理しなくていいんだぞ」

「いえ、全部いただきます」

どれも聡史が自ら選んだ宮城の食材だ。ひとかけらだって無駄にしたくない。黙々とフォークを動かす冬馬に、高柳は短いため息をついて去っていったが、ランチプレートが空になるのを待って再びやってきた。デセールのミルクプリンを冬馬の前に置くと、そのまま向かい側の椅子に腰を下ろした。

「社長と賭けてるんだって？　一ヶ月で体調がよくなるかどうか」

おもむろに切り出され、冬馬は「はい」と頷いた。

「まったく何を考えてんのか。あの人の社長としての手腕には尊敬しかないが、たまに何を考えているのかよくわからないことがある」

高柳は困惑顔でふるふると首を振った。

「梁瀬くんの体調がよくならなかったら、なんでも言うことを聞くんだって？」

「……はい」

「それで賭けが成立していると本気で思ってるのかな、社長。はっきり言ってバカだろ」

勤め先の最高責任者を「バカ」扱いする高柳に驚きを隠せなかった冬馬だが、「そう思うだろ？」と問われ、思わずこくんと頷いてしまった。すると高柳は破顔し、あははと声を立てて笑い出した。

「やっぱりきみ自身もそう思っていたんだ」

「一ヶ月後におれがうそをついたらどうするんだろうって、ずっと思っていました」

「だよな。アホだな、うちの社長」

バカだのアホだの、言いたい放題の若き料理長に、冬馬もつられて笑い出してしまう。

「この人大丈夫なのかなって、最初は逆に心配になったりもしたんですけど、きっと食の大切さを誰よりも知っているから、おれみたいにジャンクな食生活してるやつを、見過ごせなかったのかなって、今は思っています」

慈善事業の一環だとしても、ありがたいことに変わりはない。正直な気持ちを口にすると高柳は「うーん」と首を傾げた。

「どんな理由できみに賭けなんか持ち掛けたのかはわからないけど、慈善事業っていうのとはちょっと違う気がするんだよな」

「でも綿谷さんにこんなに親切にしていただく理由が、おれにはありません」

「親切……なのかな」

「親切ですよ。あんなに優しい人、おれ、他に知りません」

するると高柳は「優しい？」と目を瞬かせた。

「穏やかだし優しいしジェントルマンだしイケメンだしスタイル抜群だし社長だしっ」

一気に羅列したら息が切れた。

「神さまは綿谷さんに一体何物与えちゃったんだって感じですよね。配分が偏りすぎですよ」

高柳は笑いながら「そうかもな」と小さく頷いた。

「確かにうちの社長、人当たりはいいからな」

まるで裏の顔があるとでも言いたげだ。

「梁瀬くんは、あんなに優しい人他に知らないって言うけど、俺に言わせればあんなに頑固な人は他にいない」

「頑固？　綿谷さんがですか？」

「ああ。己が信じた道を進むためには、時に冷徹にもなる」

「……冷徹」

一体誰の話をしているのだろう。冬馬は困惑する。

「梁瀬くん、『綿谷商事』って知ってる？」

冬馬は「はい」と頷いた。綿谷商事と言えば日本国内に留まらず国際的にもその名を轟《とどろ》かす、超のつく大手商社だ。

「知らない人、いないんじゃ――」

言いかけて、ハッと息を呑んだ。

佐藤や鈴木《すずき》ならともかく、綿谷はそれほど多くある苗字ではない。

「ま、まさか」

「そのまさかなんだ。本当はこれ、俺の口から話すことじゃないのかもしれないけど」

そう前置きして高柳が語り出した聡史の半生は、冬馬を大いに驚愕《きょうがく》させるものだった。

聡史は『綿谷商事』の子会社『綿谷化学』の社長の御曹司だった。その社名からもわかるように綿谷グループは同族経営だ。

「社長はひとり息子だったから、大学卒業後は当然『綿谷化学』に入社するんだろうと、親父《おやじ》さんを始め周りはみんな思っていたらしい」

――ひとり息子……。

さりげなく「菜々美＝姉ｏｒ妹説」が消滅してしまった。

「ところが社長が『卒業したらもう一度フランスへ行って食文化を学びたい』なんて言い出したもんだから、周囲は大慌てだったそうだ」

『帰国したら宮城で地産地消レストランを経営したい』

そう言って着々と計画を進める息子に父親は激昂《げきこう》し、『綿谷化学』に入社しないのなら親子の縁を切ると言い渡した。聡史はそれでも構わないと答えた。母親は父子の壮絶なバトルにただおろおろするばかりだったという。

「勘当同然だったらしいからな。渡仏の費用も全額バイトで貯《た》めたと言っていた」

当然フランスでの暮らしも楽ではなく、あちこちのレストランの厨房で働いて生活費を賄っていたのだという。三年後、二十五歳で帰国した聡史は、仙台に『テロワール』を立ち上げた。『フレンチ・杜』は『テロワール』が手掛けた第一号のレストランなのだという。

「俺はこの八年間、あの人の苦労と努力を間近で見てきたってわけだ」

「やっぱり苦労もあったんですね」

「あったなんてもんじゃない。最初の数年は苦労した記憶しかない」

フランスで本場の食文化を学んだとはいえ、東京出身の、しかも大学生に毛が生えた程度の若者の夢物語に耳を傾けてくれる人は少なかった。ツテも地盤も何もない状態でのスタートは困難を極めた。今でこそ地元の若き有力者として認知されているが、当時はまさに孤軍奮闘だったという。

「それでも社長は、絶対に弱音を吐かなかったね。苦労のくの字も顔に出さない。どんなに辛い時でも仏さまみたいに微笑んでるからみんな騙されちまうけど、芯はめちゃくちゃ強いよ。この土地と、ここで採れる美味しい食材に対する思いは、激熱《げきあつ》なんだ」

――食材に対する思い……か。

『今考えるとずいぶん無鉄砲なことをしたものだと思うけどね』

後悔は一切していないと言い切った、あの時の聡史の顔を思い出した。そんな苦労があったなんて微塵《みじん》も感じさせない、清々《すがすが》しい瞳だった。

「あの、綿谷さんとお父さんは今……」

時間が解決してくれていないだろうかと期待を込めて尋ねてみたが、高柳は残念そうに首を横に振った。八年間、ふたりは一度も連絡を取っていないのだという。

「な？　頑固だろ？」

「……頑固ですね」

「親父さんも親父さんだけど、社長も社長だと俺は思う」

「どっちも頑固なんですね」

「綿谷家の血筋だろうな。間違いない」

高柳が肩を竦めて苦笑したところで、厨房から「料理長、ちょっといいですか」と声がした。高柳は「今行く」と答えて立ち上がった。

「梁瀬くん、初めて来た時とは別人みたいに顔色がよくなってる。賭けは多分社長の勝ちだろうな。社長がきみにどんな無理難題を押しつけるのか、今から楽しみだ」

高柳がいたずら小僧のようにニヤリと笑う。

「残念ながらおれには『うそをつく』という奥の手があります」

「残念ながらきみにはその奥の手を使うことはできない」

「なぜですか」

「見てりゃわかるさ。きみにはそんな卑怯《ひきょう》なマネはできない」

そう言い残して高柳は厨房へ行ってしまった。冬馬はテーブルにポツンと残されたミルクプリンを見つめ、ふっと口元を緩めた。見くびられたものだと苦笑しつつ、それ以上に高柳が（おそらくは聡史も）自分の人柄を「信用できる」と判断してくれたことが嬉しかった。

冬馬の中で「うそをつく」という選択肢はとうの昔に消えている。

――ちゃんと謝ろう、綿谷さんに。

二十年の人生の中で、こんなに自分を大事にしてくれた人は他にいない。聡史は優也以外に初めてできた、心を許せる相手だった。だからこそどう接していいのか、どこまで甘えていいのかわからなくなって混乱してしまった。

暗に邪魔者扱いされることには子供の頃から慣れているけれど、真正面で両手を広げて「さあ飛び込んでおいで」と言われても、どうしたらいいのかわからなかった。恋人がいるらしいと知ってショックを受けたのも、見当違いで子供じみた独占欲だ。こんなに親切にしてもらっているのに、聡史にこれ以上何を求めようというのだろう。

冬馬はミルクプリンをひと匙口に運ぶ。蔵王の牧場で食べたソフトクリームと同じ、濃厚なミルクの味が口いっぱいに広がる。

「……美味しい」

聡史と出会ってから、何度この言葉を口にしただろう。「美味しい」が「幸せ」に繋がっているということを、笑顔で教えてくれた人――。

まだ途中経過だけれど、体調は確実に改善している。ちゃんとお礼を言って、時々拗ねたような態度を取ってしまったことを素直に謝ろう。

冬馬は心に決め、ポケットからスマホを取り出した。


午後七時、冬馬は『テロワール』の本社ビル三階にある社長室にいた。昼間『フレンチ・杜』から【お話ししたいことがあります。お時間いただけませんか】とメッセージを入れると、聡史は出張先の盛岡からすぐさま【夜になっちゃうけどいい？】と返信をくれた。

「それで、あらためて僕に話したいことって？」

「あの……今さらなんですけど、いろいろとすみませんでした」

社長室の応接セットにちんまりと座り、冬馬は頭を下げた。

「あの、これ、どうぞ」

冬馬は携えてきた菓子の袋をおずおずと差し出した。アポを取った後、デパ地下で購入した品だ。デパートで買い物をするのなんて生まれて初めてだったけれど、お礼とお詫びの気持ちを込めるのだからと気合を入れた。

「何、これ」

聡史は目を瞬かせ、差し出された紙袋と冬馬の顔を交互に見やる。

「今までのお礼と、お詫びです」

「お詫び？」

聡史がきょとんと首を傾げる。

「こんなに親切にしてもらっているのに、おれ、たまに感じ悪い態度取っちゃって」

「そうだっけ？」

とぼけているのか本当に何も感じていなかったのか、聡史はますます首を深く傾げる。

「なんかもやもやしているのかなー、悩みでもあるのかなーって感じたことはあったけど、感じが悪いだとか態度が悪いだとか思ったことは一度もないよ」

何にもやもやしていたのかと訊かれたらどうしようと思ったが、幸い聡史はそれについて追及することはなかった。

「僕の方こそ、夜は早く休んだ方がいいなんて、余計なこと言ってしまって反省している」

そんな、と冬馬は首を振る。体調を気遣ってくれているからこその発言だったことは、冬馬自身が誰よりわかっている。

「何はともあれ一日に二度も梁瀬くんに会えるなんて、今日はツイているな」

そんな台詞をさらりと言ってのける聡史は、きっと生まれつきの〝人たらし〟なのだろう。冬馬だけでなく、きっとたくさんの人たちが聡史の人柄に癒されているのだ。

――高柳さんも、久五郎さんも、早苗さんも、それから……。

ふと頭に浮かびそうになった名前を、冬馬は無理矢理もみ消した。

「あ、タカヒロ・モリタのマカロンだ。これ、美味しいよね」

紙袋を覗き込んだ聡史が破顔した。

タカヒロ・モリタのショップに入るのはもちろん初めてだったけれど、マカロンは一度だけ食べたことがあった。先月までバイトをしていた居酒屋の店長が、いただきもののお裾分けをくれたのだ。タカヒロ・モリタが仙台出身の有名パティシエで、新作の発売日には店頭に行列ができることも、店長から聞いて知っていた。

「嬉しいな。ありがとう」

「よかったです。甘いもの苦手だったらどうしようって、ちょっと悩んだんですけど」

「大好きだよ。お茶を淹《い》れるから一緒に食べよう」

聡史はにっこりと微笑んで立ち上がった。

「お、おれは」

「きみに見つめられながらひとりで食べるのは恥ずかしいから、つき合ってよ」

「……はい」

頷きながら、冬馬の心臓はトクトクとその鼓動を速めていた。

——大好き……だって。

もちろん「マカロンが」なのだとわかっているけれど、聡史の形のよい唇がそのフレーズを奏でると、なんだか胸がざわざわして落ち着かない気分になる。

——綿谷さんの笑顔って、かなりの破壊力だもんな。

イケメンは罪だよな、と心の中で呟いた。

聡史は赤いマカロンを、冬馬は黄色いマカロンをそれぞれ選んだ。上品な甘さが口いっぱいに広がり、ふたりで顔を見合わせて「おいひい」と笑った。

「綿谷さんのルーツって、仙台なんですか？」

マカロンをふたつずつ平らげた後、冬馬は聡史に尋ねた。なぜ『テロワール』を実家のある東京ではなく宮城で立ち上げたのか、いつか聞いてみたいと思っていたのだ。

「いや、東京」

「どうして仙台に？」

「実は、母方の祖父母の家が宮城にあるんだ」

聡史は県北にある小さな町の名前を口にした。小学生の頃、聡史は夏休みになると母方の祖父母の家に預けられていたのだという。クラスメイトの多くが家族とレジャーに出かける中、大企業の重役である父親に夏休みなどあるはずもなく、聡史は毎年長い夏休みのほとんどを、ここ宮城の地で過ごしていた。

「宿題そっちのけで毎日山を駆け回っていたよ。木登りをしたり、虫取りをしたり、川で泳いだり。近所に住んでいる同い年くらいの子供たちと仲良くなって、いろんな遊びを教えてもらった」

懐かしいなあ、と聡史は目を細めた。

「祖父母は畑をやっていてね。そこでなすだとかきゅうりだとかを自由にもいで食べていたんだ」

「久五郎さんのところみたいですね」

「自分たちの食べる分だけの小さな畑だから規模が全然違うけど、久五郎さん夫妻を見ていると、やっぱり祖父母を思い出すね」

数年前、ふたりは相次いで鬼籍に入ってしまったという。

「祖母の作ってくれる料理は、素朴だけどどれも本当に美味しかった」

「料理上手だったんですね」

「それもあるけど、やっぱり素材が抜群によかったのかなと、大人になって思うようになった。宮城という土地は本当に食材に恵まれている。フランスに留学して現地の料理を口にした時、見た目も味つけもまったく違うのに、なぜか祖母の作ってくれた素朴なご飯を思い出したんだ」

「それで『テロワール』を宮城に」

聡史は「うん」と頷いた。

「祖父母は大喜びしてくれたし、僕の心に迷いはなかったんだけど、いろいろと解決しなくちゃならない問題が山積していてね」

父親との確執のことを言っているのだろう。冬馬は昼間、高柳から聡史がフランスへ渡る際の経緯について教えてもらったことを告白した。

「勘当同然だったそうですね」

「ああ。父はカンカンだったからね。実家にあった僕の荷物を、全部処分してしまったくらいだ。辛うじて籍だけは抜かれていないみたいだけど」

聡史はほんの少し寂しそうな表情で小さく肩を竦めてみせた。

「いつか、和解できたらいいですね」

差し出がましいかと思ったが、そう呟かずにはいられなかった。喧嘩《けんか》をしたりぶつかり合ったりできるのも、生きているからなのだということを冬馬は痛いほど知っている。

「そうなるといいなと、僕も思っている。時間はかかると思うけど、父が僕の仕事を理解してくれる日が来ればいいなと」

「きっと来ると思います」

根拠はないけれど、それは冬馬の本心だった。

「ありがとう。優しいね、梁瀬くんは」

「そんな……」

冬馬はふるんと首を振る。優しいのは聡史の方だ。誰より優しくて、誰より強い。

「せっかく来てくれたんだから、うちの会社についてちょっと話そうか」

「はい。おれもいろいろ知りたいと思っていたので」

冬馬は目を輝かせて身を乗り出した。

『テロワール』はレストラン経営の他にも、宮城県内の小学校の給食メニューの考案にコーディネーターとして携わっているという。人間の味覚は幼少期に形成されるため、なるべく小さい頃から食材の味を感じ取り、食事の場を楽しんでほしいという聡史の考えからだ。

他にも親子での野菜収穫や乳しぼりなど、体験型イベントも数多く企画し、地元の子供たちの食育に貢献している。隣県からも要望が届いていて「今後は他県にも活動を広めていきたいと思っているんだ」と、聡史は意気込みを語った。

契約生産者たちとの意見交換も密に行い、メニューも一緒に考える。古くからフランスに根づいている地産地消という文化を、ここ宮城の地で実践したい。静かだけれど力強い口調から、聡史の情熱、そして食材への敬意がひしひしと伝わってきた。

「同じメニューを東京で出したら、多分倍の値段になってしまうだろうからね」

さらに価格を抑えるために、『フレンチ・杜』は繁華街から少し離れた住宅街に店を構えたのだという。他の店舗も同様にその街の一等地を外すことによって、本格派の料理を手頃な価格で提供できているのだという。

「とまあこんな感じだけど、何か質問は？」

冬馬は「いいえ」と首を横に振った。知りたいこと、教えてほしいことはもっとあるけれど、長編映画を観終わった時のように、胸がいっぱいになってしまった。

——本当に素敵な人だな……。

なんの衒《てら》いもなくそう思えた。同じ男として、人間として、こんなかっこいい生き方に憧れずにはいられない。

食べ物なんて腹が満たされればなんでもいい。そう思って生きてきた。少なくとも聡史と出会うまでは、口にする食材のその向こうにいる生産者に思いを馳《は》せたことなど一度もなかった。

『この土地と、ここで採れる美味しい食材に対する思いは、激熱なんだ』

高柳の言ったことは、大袈裟でもなんでもなかった。ふんわりした笑顔の裏に隠し持った聡史の情熱は、確かに激熱だ。

憧れと尊敬、そして身体の奥がうずうずと疼くような感情が湧き上がってくる。聡史の熱い思いに触れて、冬馬の体温はふつふつと上がっていく。

もっともっと話していたかったのだが、残念ながら聡史はもう一件、今夜中に片づけなければならない仕事が残っているのだという。

「雨、止《や》みそうにないね。車で送ってあげられたらよかったんだけど」

聡史がすまなそうに項垂れる。冬馬は「平気です」と明るく答えた。

「普段は自転車通学なので、これくらいの雨は慣れっこです。それより綿谷さんこそ遅くまで仕事大変ですね」

「社長なので、これくらいの残務処理は慣れっこです」

顔を見合わせて、ふたりでクスクス笑った。

聡史がタクシー代をよこそうとするのを断って通用口を出ると、雨は飽きることもなく降り続いていた。雨脚が弱まる気配はなかったけれど、冬馬の心はほくほくと温かかった。黒いアスファルトを跳ねる雨粒と一緒に、冬馬の胸も一緒に弾んだ。

日常に溶け込みすぎていて、そこにあることすら気づかなかった〝食〟という名の扉。ほんの少しだけれど、冬馬は今日、自らの手で開いた。導いてくれたのは聡史だ。この心の昂《たかぶ》りをどうすればいいのか、具体的にはまだ何も浮かんでこないけれど、ひとまず明日からもっと真剣に食べるという行為と向き合おう。そう心に誓った。

「神さま、綿谷さんと巡り合わせてくれて、ありがとうございました」

雨空に向かって呟く。聡史と知り合えたこと、それ自体が宝物のように思えた。

――思い切って会いにきてよかった。

くるくると子供みたいに傘を回しながら、駅に向かって歩く。いつもはどこまでも自転車を飛ばす冬馬だが、今夜ばかりは地下鉄に頼ることにした。通りの向こう側に地下への入り口が見えてきた時、冬馬は「あっ」と呟いて足を止めた。いつもズボンの尻ポケットに入れている小銭入れがない。

『テロワール』に向かう切符を買った時には確かにあった。その後手に取った記憶はないから、おそらく聡史の話を夢中で聞いている最中に、ポケットから零れ落ちたのだろう。小銭入れもソファーも同じような茶色だから、聡史も気づいていないかもしれない。

幸いスマホケースに千円札を一枚忍ばせてある。降りしきる雨の中を無理に戻らなくても、聡史に【明日取りに行きます】とメッセージを送れば済む話だ。

――でも戻ればもう一回、綿谷さんの顔を見ることができるよな。

ポケットから飛び出してくれた小銭入れに心の中で感謝しながら、くるりと踵《きびす》を返した。

と、前方からこちらへ向かってくる人影に、冬馬はハッと足を止めた。

ひとつの傘に入り、寄り添うように並んで歩くふたつのシルエット。ひとりは髪の長い女性だ。彼女に傘を差しかけている男性の顔はよく見えないが、濃紺のスーツと、遠目にもそうとわかるすらりと長い手足は、さっきまで目の前にいた人を思い起こさせた。

——まさか……。

冬馬は反射的に真横のコンビニに駆け込む。雑誌コーナーからガラス越しに歩道を見ていると、ほどなく相合傘の男女が目の前を通り過ぎていった。

——やっぱり綿谷さんだ……。

冬馬はそっとコンビニを出ると、遠ざかっていくふたりの背中を呆然《ぼうぜん》と見つめた。女性が傍らの聡史に軽く肩をぶつける。反動で反対側の肩が傘の外へはみ出した。

「おい、菜々美、ふざけるな」

「えへへ」

聡史は少々呆れたように、女性はちょっと甘えたように。ふたりしてとても楽しそうに何か話しながら微笑み合う。

「あのなあ、お前は本当に昔っから……」

雨音に交じって微《かす》かに届く会話に、冬馬は息をするのも忘れて固まった。

菜々美。女性を呼ぶ聡史の声が耳の奥でこだまする。その横顔にはいつもの穏やかな微笑みを湛《たた》えていた。電話でもそうだったが、聡史は菜々美を「お前」と呼ぶ。くだけた口調がふたりの親しさを端的に表しているように感じた。

——あれが綿谷さんの恋人……。

間違いない、聡史と菜々美は恋人同士なのだ。ふたりの行く先には県内随一の繁華街・国分町がある。この雨の中わざわざ歩いて向かうのだから、多分酒を飲むつもりなのだろう。ふざけるなと口では言いながら、聡史が本気で嫌がっている様子はなかった。人目を憚《はばか》らずに甘えてくる彼女が、言葉とは裏腹に可愛くて仕方がない。そんな本音が垣間見えるような笑顔だった。

——おれにはこの後も仕事だって言ったのに……。

うそをつかれたことが、何よりショックだった。

「あの」

背中を叩かれ、我に返った。

「この傘、お客さんのですよね」

コンビニの店員が手にしていたのは、今さっき慌てて傘立てに放り込んだ冬馬の傘だった。

「……すみません。ありがとうございます」

丁寧に礼を言って受け取ると、冬馬はとぼとぼと地下鉄駅に向かって歩き出した。ほんの数十秒の間に、髪と肩が雨に濡れてしまった。こんなに降っているのに傘を忘れるなんて、どうかしていると思われたに違いない。

——そうだよ。本当にどうかしているよ、おれ。

聡史に恋人がいたからといって、それが一体なんだというのだ。何をこんなに動揺しているのだろう。「もやもやしているように見えた」と聡史に指摘されたけれど、確かに今、冬馬の胸に渦巻いているのはこれまで感じたことのない種類のもやもやだ。

「なんだかなあ……」

日に日によくなる体調とは裏腹に、近頃あきらかに心のバランスを欠いている。一体全体自分はどうしてしまったのだろう。

我知らず、はあっと長く深いため息が漏れる。

『ため息つくと、運気が逃げるらしいぞ』

優也の言葉を思い出した。あの時は半信半疑だったけれど、存外本当なのかもしれないと、雨の歩道を歩きながら思った。

月曜の夜から降り続いていた雨は、木曜の朝になってようやく上がった。アパートの窓を開いて大きく息を吸い込むと、雨上がり特有の草の匂いがした。

「いよいよ夏だなあ」

久しぶりに見上げた青空の清々しさが、悶々《もんもん》とした気分をほんの一瞬忘れさせてくれた。

昨夜は遅くまで眠れなかった。ぐずぐず考えても仕方がないと頭ではわかっているのだけれど、心のもやもやはなかなか晴れてくれない。聡史の言葉や態度、視線の動きひとつで舞い上がったり落ち込んだり。聡史を前にすると、なぜだか心が不安定になってしまう。

それでも昨夜、聡史が語ってくれた食への思いは、冬馬の心に真っ直ぐ届いた。激熱のお裾分けをもらったようで、冬馬の胸にも小さいけれど確かな炎が灯《とも》った。

——どんな形でもいいから、いつか綿谷さんの役に立てたらいいな。

朝方まで何度も寝返りを繰り返しながら、その思いは徐々に膨れ上がっていった。

未来を照らす小さな光と、どうにもならない悶々を同時に抱えたまま、冬馬はこの日も『フレンチ・杜』へ向かった。

「こんにちは」

すっかり慣れた手つきで玄関扉を開ける。いつものように「いらっしゃいませ」とスタッフの明るい声が返ってくると思っていたのだが、なぜか店内はシンとしたままだった。スマホを確認してみたが、時間を間違えたわけではなかった。

店休日でもないのにどうしたのだろうと、首を傾げながら奥へと入っていく。厨房の入り口からそっと顔を覗かせた冬馬に、最初に気づいたのはレジ係の女性スタッフだった。

「あ、梁瀬くん、いらっしゃい。気づかなくてごめんなさい」

「いえ……」

スタッフ全員が厨房に集まっていた。腕組みをした高柳を中心に、全員が厳しい表情を浮かべている。

「あの、何かあったんですか？」

部外者が口を出すのはどうかと思ったが、それでも尋ねずにはいられなかった。

「ディナー用の野菜が届かないんだ」

唸《うな》るように答えたのは高柳だった。

「届かないって……どうして」

「倒木だ」

降り続いた雨の影響で、昨夜から今朝にかけて県南部の数ヶ所で土砂崩れや倒木によって道路が塞《ふさ》がれる被害が確認された。倒木現場のひとつが『フレンチ・杜』の契約農家近くの山道だったのだという。

「倒れたのは一本だけで土砂崩れもないらしいんだけど、幹が太すぎて手に負えないらしいんだ。町役場に連絡したところ、撤去は夕方になると言われたそうだ」

高柳は指で眉間《みけん》を押さえて嘆息した。

「ほとんどの野菜は朝一番に届けてもらうんだけど、日によっては昼便があってね。今日はたまたま昼便アリの日だったんだ」

それが届かないと今夜のディナーを出せない。他の農家も当たってみたが、どこも「難しい」という回答だったのだと、フロア係の男性スタッフが教えてくれた。さらに運の悪いことに一時間ほど前、アルバイトスタッフのひとりから体調不良で休ませてほしいと急な連絡があった。ランチタイムの人手はギリギリで、持ち場を離れられる余裕のある者はひとりもいないのだという。

「まあ、ご本人が土砂崩れに巻き込まれなかったのが不幸中の幸いなんだが」

高柳の言葉に、スタッフ全員が頷いた。

「久五郎さんが怪我《けが》でもされたら、それこそ一大事ですからね」

女性スタッフの言葉に、冬馬は「えっ」と目を見開いた。

「昼便で野菜を届けてくれる予定だった農家さんって、久五郎さんだったんですか?」

「なんだ、梁瀬くん、久五郎さんを知っているのか」

「あ……」

話していいのか迷ったが、今はそれどころではない。冬馬は「実は」と三日前、聡史に連れられて久五郎の畑を訪ねたことを打ち明けた。

「そっか。以前の梁瀬くんのハチャメチャな食生活が、社長にはよっぽど衝撃だったんだな」

高柳の言葉に、一瞬場が和んだ。冬馬は「みたいですね」と照れ笑いをする。

「綿谷さんは、おれに食の大切さを教えたかったんだと思います。おかげでトマト、食べられるようになりました」

「久五郎さんのトマト、本当に美味しいものね」

頷き合うスタッフたちに、冬馬の決意は固まった。

「高柳さん、野菜ってどれくらいの量なんでしょうか」

「量？　段ボール十箱分だけど」

「だったらおれを久五郎さんのところに行かせてもらえませんか」

「えっ、梁瀬くんを？」

「はい。久五郎さんとは一応面識があるし、畑までの道も覚えています。倒木現場で久五郎さんから野菜の箱を受け取って、おれがここへ運んできます」

我ながら名案だと思った。この難局を乗り切る方法は、多分それしかない。

「しかし……」

高柳はすぐには頷いてくれなかった。

「大丈夫です。もう雨は上がっているし、天気予報も今日は一日晴れです。あ、運転免許もちゃんと持っています」

免許があるとバイトの幅が広がると優也に言われ、一年生の夏休みに国内最安値の合宿で運転免許を取得した。それでも痛い出費だったけれど、無理をして取得しておいて本当によかった。

――初めて綿谷さんの役に立てるかもしれない。

小さな興奮が胸に渦巻く。

「それにおれ、こう見えても前はよく引っ越しのバイトとかしていたんで、筋力だってそこそこあります」

ほら、と力こぶを作ってみせたが、それでも高柳はうんと言ってくれない。

「おれ、毎日毎日美味しいご飯をご馳走になって、綿谷さんにもみなさんにも、言葉にできないくらい感謝しています。綿谷さんは『自分が誘ったんだから』って言ってくれるけど、さすがに甘えすぎだって、ずっと思っていました。だからお願いします。行かせてください。ほんの少しだけでも恩返しをさせてください」

縋《すが》るように高柳を見つめた。しばらく難しい顔で「うーん」と唸っていた高柳だったが、やがて「わかった」と頷いてくれた。

「そろそろランチが始まる。みんなは持ち場についてくれ」

店長兼料理長のひと声に、スタッフはそれぞれの仕事を再開すべく散っていった。高柳がその場で連絡を入れると、久五郎はふたつ返事で了解してくれたという。

「社長は会議中みたいで電話に出られないようだから、後で俺から連絡しておく」

聡史は今朝から那須塩原へ出張に出かけているという。

——昨夜、菜々美さんと遅くまで一緒だったのかな……。

ふと過ったふたりのシルエットを無理矢理掻き消した。今はそんなことを考えている場合ではない。

「こんなことを梁瀬くんに頼むのは本当に不本意なんだけど」

「綿谷さんには、止めたのにおれが勝手に行ったって言っておいてください」

「叱られる役目は、俺に任せてくれ」

高柳は「よろしく頼む」と冬馬の肩を力強く叩いた。

ディナーの準備まではまだ時間があるから、くれぐれも安全運転でと何度も念を押され、冬馬は高柳のワゴン車に乗り込んだ。ワンデーの任意保険を掛けることも忘れなかった。

東北自動車道を一路南へと向かう。三日前は聡史の運転する車の助手席に座っていた。久五郎夫妻の笑顔と真っ赤《まっか》なトマト、御釜の見えなかった蔵王と牧場のソフトクリーム、そして聡史と語り合いながら盃《さかずき》を傾けた『伯楽星』の味——。

次々に蘇ってくる楽しい記憶に、思わず口元が緩む。

——ダメだ。今は気持ちを引き締めないと。

万が一にも事故など起こしたら、恩返しどころか聡史や高柳の責任問題になってしまう。出会ってからずっと、幸せを与えられるばかりだった。ようやく聡史の役に立てる時が来たのだ。大切な任務を遂行する責任と恩返しの場を得られた喜びが交互に襲ってくる。集中力を途切れさせないように、冬馬はぐっとハンドルを握りしめた。

正午過ぎ、予定通り山道の倒木現場に着いた。道を塞いでいるのは杉だろうか、かなりの大木だ。幸い倒れているのは一本だけなので、大人なら乗り越えられそうだが、持ち上げて道を空けるのは無理だ。車の通行は、重機の到着を待つしかなさそうだった。

「やあや、梁瀬《やなせ》くん、悪がったなあ。一時はどうなることかと思ったけど、助かったわ」

「こちらこそ先日はご馳走《ちそう》さまでした。ずんだ餅、めちゃめちゃ美味《おい》しかったです」

先に到着していた久五郎《きゅうごろう》が、細い枝葉を鋸《のこぎり》で落としてくれていたおかげで、野菜の受け渡しはスムーズに行えた。倒れた杉の幹越しに先日のもてなしや手土産《てみやげ》への礼を告げながら、次々に段ボール箱を受け取る。ものの二十分ほどで久五郎の軽トラックから高柳《たかやなぎ》の車へ、野菜のぎっしり詰まった十個の箱を移動させることができた。

「役場の人が来るの、夕方だと聞きました。それまで久五郎さんたち、大丈夫ですか？」

途中ずっと心配していたことを尋ねると、久五郎は汗を拭いながら「あはは」と笑った。

「食う物には間違っても困んねえがら、心配いらね」

様々な野菜が育つ久五郎の畑を思い出した。確かに食べ物に困ることはないだろうと思ったら、可笑《おか》しくなって冬馬《とうま》も一緒に笑い出してしまった。

「梁瀬くん、美味《うま》い野菜食いたくなったら、いづでもここさござい（ここへおいで）」

「ありがとうございます。そうさせていただきます」

「まぁだぬかるんでるところもあっぺから、気ぃつけて帰れよ」

久五郎に見送られ、冬馬は倒木現場を後にした。ディナーの仕込みが始まる時間までには、余裕を持って届けられそうだ。

ひとまず安堵《あんど》しつつ坂を下っていると、後方からガタンと音がした。段ボール箱はカーゴルームに隙間なく並べたはずだが、もしかしたら走行の振動でずれたのかもしれない。冬馬はちょうど見えてきた待避所に車を滑り込ませた。

すぐさまカーゴルーム内を確認し、箱の中身をひとつひとつ確認する。

「よかった。なんともない」

幸いどの箱も中身に異常はなかった。大事な野菜に傷でもついたら大変だ。いつもより慎重に運転しなくちゃと思いつつ、運転席に戻ろうとした時だ。

「うわっ」

それは一瞬のことだった。足元がずるりと滑った。

次の瞬間、冬馬の身体《からだ》は待避所脇ののり面を勢いよく滑り落ちていった。

「わっ、うわあああっ」

思ったより斜度があったらしく、冬馬の身体は時折回転しながら、ぬかるんだ地面をあっという間に下っていく。低い場所にある枝を掴《つか》もうと何度も手を伸ばしたが、ことごとく手のひらをすり抜けていった。

「痛てて……」

幸か不幸か、冬馬の身体はまばらな木立を縫うように滑り、沢のほとりでようやく止まった。どうやら落ちるところまで落ちてしまったらしい。

待避所の縁が雨のせいでグズグズになっていたのだろう。気づかず不用意に足を乗せたものだから、一気に崩れてしまったのだ。

——急いで上らないと。

全身見事に泥だらけだが、幸い大きな怪我はなさそうだ。手も足も折れていない。冬馬はよろよろと立ち上がり、のり面を上り始めたのだが。

「うわっ」

数メートル上ったところで泥に足を取られ、ふたたび元の場所まで滑り落ちてしまった。

「うそだろ……」

冬馬はのり面を見上げた。どれくらいの距離を落ちたのか、木立が邪魔をして待避所はまったく見えない。

「マズイな……とにかくどうにかして上らないと」

冬馬はふたたびのり面に足を掛けた。剝《む》き出しになっている木の根につま先を引っかけながら、一メートル、二メートルと慎重に上る。近づいてきた木の枝にしがみつき、息を整えるとまた上り始める。

そうして十メートルほど上った時、ようやく上方に待避所が見えてきた。

「まだまだ遠いな……」

このペースだと、上り切るまでに三十分以上はかかるだろう。

――野菜、どうしよう。

車に戻るまで仮に一時間かかったとしても、ディナーの仕込みの時間には辛うじて間に合う。けれどももう一度沢まで転げ落ちないという保証はない。もしそんなことになってしまったら……。

みんなに心配をかけたくない。しかしこうなってしまった以上、野菜が届くと信じて待っている高柳たちに事態を知らせておかなくてはならない。

冬馬はポケットからスマホを取り出した。泥だらけの指で電源を入れる。パッと明るくなった画面にホッとする。壊れていなかった。

「……あ、高柳さんですか。梁瀬です。申し訳ありません、実はちょっとアクシデントが起きちゃいまして……」

野菜は無事に受け取った。命に別状はないし怪我もしていない。ただ予定より一時間ほど遅れそうだということを、できるだけ簡潔に伝えた。

「ドジって足滑らせちゃって。本当にすみません」

『事情はわかった。本当に怪我はしていないんだな？』

「はい、身体は全然平気です」

『間に合わなかったら間に合わなかった時だ。とにかく絶対に無理をしないでくれ。いいな』

「了解です」

スマホを切ると、冬馬はふたたびのり面を上り出した。五分、十分と時間はどんどん過ぎていく。焦る気持ちと闘いながら、一メートル、また一メートルと上っていく。亀だってもう少し速いんじゃないかと思うと情けなくなるけど、これが冬馬の限界だった。

「こんなことならっ……はぁっ……もっと鍛えておけば……はぁ……よかった」

辛《つら》いことも多かったけれど、高校時代まではその時々の保護者や施設の職員が朝晩ご飯を作ってくれたからこれほどひ弱ではなかった。けれど今は、大学入学したての頃に比べて格段に体力が落ちている。一年以上引っ越しのバイトを入れていないのもそのためだ。

『身体というのはその人が食べたものでできているんだ』

出会った日聡史《さとし》に言われ、だから何だと言うのだと子供じみた反抗をしたけれど、本当はとっくに気づいていた。冬馬の身体は、大半がお菓子やジャンクフードでできている。聡史のおかげでこの二週間はバランスのよい食生活ができているけれど、体力や筋力が戻るには相応の時間がかかるのだろう。

上空でヘリの音がして、思わず「助けてください」と呟《つぶや》いた。空から見下ろしている人がいたら、今の自分はさながら遭難者のように見えるだろう。

――いや、マジで遭難しているのかも。

数メートル先に、ようやく足を滑らせた待避所の縁が見えてきた。あと少し、もうちょっとだと自分を励ましながら近くの枝に手を伸ばしたのだが。

「うわっ」

焦りから目測を誤った冬馬は、無情にも枝を摑み損ね、またズルズルと数メートル滑り落ちてしまった。

「くそっ！　もう……なんでなんだよ」

ぬかるんだ地面に拳を叩《たた》きつけた。こんな調子ではディナーの仕込みに間に合わない。

聡史の役に立ちたくて、高柳たちに恩返しがしたくて、無理を通して運搬を任せてもらったというのに。自分が余計なことを言い出さなければ、高柳は早々に他の手を打っていたかもしれない。

――これじゃ恩返しどころか、迷惑をかけちゃっただけだ。

情けなくて悔しくて、涙が滲《にじ》みそうになる。

「上らないと……野菜が……」

気力を振り絞るけれど、冬馬のなけなしの体力はすでに限界を超えていた。

――ダメだ、間に合わない……。

冬馬は静かに目を閉じ、ポケットに手を伸ばした。高柳に連絡を入れるべく泥だらけの手でふたたびスマホを握りしめた時だ。どこからか人の声が聞こえた気がした。「梁瀬くん！　梁瀬くん！」と自分を呼んでいるように聞こえる。

――綿谷《わたや》さんの声……？

いやいやと冬馬は首を振る。出張で那須塩原にいる聡史がたった一時間で宮城の、しかもこんな山奥へ来られるわけがない。身も心も追い詰められて、幻聴を聞いてしまったのだろう。しっかりしなくてはとスマホを握り直したのだが。

「梁瀬くん！」

また声がした。しかも今度はさっきよりはっきりと耳に届いた。

「梁瀬くん！　どこだ！　聞こえたら返事をしてくれ！」

冬馬はハッと顔を上げた。間違いない、聡史の声だ。

「綿谷さん！　ここです！」

渾身《こんしん》の力で叫ぶ。滑り落ちないように枝を抱きしめながら手を振った。

「ここです！　二十メートルくらい下です！」

必死の声が届いたのだろう、しばらくすると上方に聡史の姿が見えた。

「梁瀬くん！　大丈夫か！」

背後からの日差しで顔ははっきりと見えなかったが、冬馬にはまるで後光が差しているように見えた。

「今助けにいくから、もう少し頑張れ！」

いつもの穏やかな口調からは想像もできない厳しい声だったが、冬馬は全身の力が抜けそうになるほどの安堵を覚えたのだった。

ほどなく冬馬は聡史の手によって無事救出された。ロープを腰に巻きつけてするするとのり面を下りてきた聡史は、さながらレスキュー隊員のようだった。

「落ちた時にどこか強く打ったりしていない？」

「いえ」

「痛いところは？」

「ないです」

「手足はちゃんと動く？」

「はい」

矢継ぎ早に質問を浴びせる聡史の表情は、今までになく硬く強張《こわば》っていた。

「あの、おれ、本当にすみま――わっ」

謝罪が終わる前に、冬馬の身体は伸びてきた長い腕に搦《から》め捕られる。潰《つぶ》れるほど強く抱きしめられて、冬馬は一瞬、呼吸を忘れた。

「無事でよかった」

何が起こったのかわからず呆然《ぼうぜん》とする冬馬の頭上に、くぐもった声が落ちてきた。

「本当によかった」

聡史はもう一度繰り返し、抱きしめる腕にさらに力を込めた。

――これが綿谷さんの匂い……。

汗ばんだワイシャツから立ち昇る匂いを胸いっぱいに吸い込んだら、鼻の奥がツンとした。

ああ、助かったんだと安堵が全身を包む。

「きみが山道から滑り落ちたらしいと聞いて、生きた心地がしなかった」

「勝手なことをしてすみませんでした」

消え入りそうな声で謝ると、聡史はゆっくりとその腕を解《ほど》いた。

「野菜。急げば間に合うと思います」

ところが後方の車の方を振り返った冬馬の目に飛び込んできたのは、思いもよらない人物の姿だった。

「それじゃ行くね」

「ああ。悪いな、菜々美《ななみ》」

交わされる会話に、冬馬は身を硬くする。

――菜々美さんが、どうして……。

「埋め合わせはちゃんとしてもらうわよ」

「わかってるよ。よろしく頼む」

菜々美が「じゃね」と手を上げ、運転席に乗り込むのを見て、冬馬はようやく事態を把握した。聡史は菜々美に野菜の運搬を頼んだのだ。

「ちょ、ちょっと待ってください。おれ、怪我なんてしていません」

「額から血が出ている」

「こんなのかすり傷です」

「傷に泥がついている。破傷風にでもなったら大変だ」

聡史は菜々美に向かって「行け」と視線を送った。エンジン音が響く。

「待ってください！　おれに運ばせてください」

「ダメだ。きみは僕と一緒に来るんだ。傷の手当てをしないと」

「手当てなんてしなくても平気ですから！」

動き出した車を追おうとする冬馬の腕を、聡史が素早く摑んだ。

「平気じゃないだろう！」

怒気を含んだ声に、冬馬はびくんと身を竦《すく》ませた。聡史はハッとしたように「すまない」と呟いた。

「怒鳴るつもりはなかったんだ。ごめん」

「いえ……全部おれが悪いんです。すみませんでした。高柳さんに『どうしても行かせてほしい』って無理を言ったんです。それなのにこんなことに」

項垂《うなだ》れる冬馬に、聡史はふるんと首を振る。

「きみは何も悪くない。謝らなくちゃならないのは僕の方だ。社長の僕の責任だ」

「違いますっ、おれが勝手に言い出して――」

「だとしても今日の件は僕の責任だ。本当にすまなかった」

聡史の瞳が憂いに満ちている。こんなに辛そうな顔をさせてしまったのは、他でもない自分なのだと思ったら、申し訳なくて悲しくて目の前が真っ暗になった。

菜々美が運転する車が見えなくなると、聡史は「行こう」と冬馬の背中をそっと押した。

「……どこへ行くんですか」

尋ねながら、脳裏にふと疑問が浮かんだ。連絡を受けてすぐに新幹線に飛び乗ったとしても、那須塩原から仙台までおよそ一時間かかる。どんなに急いだとしても、ふたりがこの場所へ到着するまでには二時間以上かかるはずだ。

「あの、綿谷さん」

「なに？」

「今日は那須に出張だって、高柳さんから聞いたんですけど」

「そうだよ。さっきまで那須塩原の牧場にいた」

山道を下りながらさらりと答える聡史の横顔は、うそをついているようには見えなかった。

「きみが大変なことになっていると知って、飛んできたんだ」

「えっと……」

――どこでもドアでも使ったのかな。

荒唐無稽な疑問を辛うじて呑《の》み込んだけれど、そうでもしなければ説明がつかない。

――でなきゃ時空を超えたとか……。

「どこでもドアを使ったのかな、とか、時空を超えたのかな、とか思ってる？」

「っ！」

まさか心の中を読まれたのだろうか。両手で胸を押さえて口をパクパクさせる冬馬に、聡史は「あれだよ」と傍らに広がる木立の方を指した。

聡史の長い指の先に視線をやると、木立の向こう側に少し開けた場所があるのが見えた。その中央に白っぽい何かがある。丸みを帯びたそのシルエットと上部に取りつけられたプロペラのようなものに、冬馬は大きく目を見開いた。

「あれってまさか」

「ヘリだよ。飛んできたって言ったでしょ？」

県庁所在地近辺を除き、東北地方は概《おおむ》ね交通の便がよくない。鉄道網も道路網も首都圏とは比べものにならないほど疎《まばら》な上、冬場には雪で閉ざされてしまう地域も少なくない。『テロワール』の取引先である生産者の畑は、ほとんどがこの場所と似たような山間地にある。青森から北関東までを文字通り飛んで回るため、聡史はヘリコプターを導入し、こうしてしばしば使用しているのだという。

目の前に見えてきた空き地は国から許可をもらった場外離着陸場のひとつで、他にも東北地方に何か所か、同じような離着陸場を確保してあるのだという。

「すげ……」

ヘリコプターの機体をこんなに間近で見るのは生まれて初めてだった。聡史がこの地方を代表する有力企業の社長だということを、冬馬はあらためて認識した。

「さあ、乗って。ヘリの中で傷の手当てをしよう」

聡史に促されて機内に乗り込んだ。人生初のヘリコプター搭乗。本当ならわくわくするはずなのに、さっきから冬馬の心を支配しているのはまったく別のことだった。

那須塩原の牧場から飛んできてくれた聡史の傍らに菜々美がいた。つまりふたりは昨夜からずっと一緒だったのだ。しかも聡史は出張先に菜々美を同行させた。その事実を受け入れたくないと駄々をこねる自分がいた。

ふたりは恋人同士なのだ。一夜を共に過ごしたとしてもなんの不思議もない。何度も自分に言い聞かせるのに、先日来のもやもやが胸に広がっていくのを止められない。

何よりショックだったのは、聡史が野菜の運搬を菜々美に託したことだ。恋人がいたっていい。聡史の役に立てるのなら。その一心で買って出た任務だったのに、それすらも菜々美に攫《さら》われてしまった。

わかっている。悪いのは自分だ。高柳にも久五郎にも「気をつけるように」と念を押されていたのに、不注意から山道ののり面を転げ落ちてしまった。結果出張中の聡史がヘリで駆けつける事態を招いてしまったのだから、ごめんなさいでは済まない。

――菜々美さんに嫉妬する権利なんて、おれにはない。

ふと浮かんだ「嫉妬」という言葉に、冬馬はハッとした。自分は菜々美に嫉妬しているのだろうか。

「そんなに深い傷じゃなくてよかった。血も止まっている」

聡史の端正な顔が近づいてくる。心臓がトクンと跳ねた。

「消毒液が入るといけないから、目を閉じて」

「……はい」

「ちょっと沁《し》みるかもしれないけど我慢してね」

冬馬は小さく頷《うなず》く。消毒用アルコールのひんやりした感覚の直後、ピリッと鋭い痛みを覚え、思わず眉間《みけん》に皺《しわ》が寄ってしまった。

「ゴメン、痛かったね」

「大丈夫です」

答えた瞬間、額にふーっと息が吹きかけられるのを感じた。そっと目を開くと、すぐそこに聡史の唇があった。ふーっともう一度息が吹きかけられ、冬馬の心臓はドクドクと勢いよく走り出した。

「こうして傷にふーふーするのって実際は効果ないらしいんだけど、ついやっちゃうよね」

「……そうなんですか」

幼い頃、父か母にふーふーされたことがあったのだろうか。褪《あ》せた記憶を手繰《たぐ》ってみてもそれらしき思い出は見当たらない。胸がツンと痛みを覚えるけれど、それよりも聡史の瞳がいつもの優しい色を帯びていたのが嬉《うれ》しくて、「そうですね」と答えた。

「おれはあると思います、効果」

「そう？」

「だって綿谷さんがふーってしてくれた瞬間に、痛くなくなったから」

「梁瀬くん……」

聡史の瞳が、とろりと甘い光を帯びたように見えた。どこか遠慮がちに伸びてきた右手の指先が、冬馬の頬をさわりとなぞる。

その瞬間、冬馬は身体中の産毛がざわりと音をたてて立ち上がるような感覚に襲われた。

そして同時に気づいてしまった。

——おれ、綿谷さんが好きだ。

尊敬とも憧れとも違う。この名状しがたい気持ちの名前は「恋」だったのだ。

聡史に恋をしている。多分ずっと前から。けれど認めるのが怖くて目を逸《そ》らし続けていた。

無理矢理せき止めていた小川が、すーっと流れ出したような感覚だった。

聡史のことが好き。だから菜々美に嫉妬している。認めてしまえば至極単純な感情なのだけれど、楽しくも心地よくもなかった。

冬馬の心を支配しているのは深い絶望感だけだ。気づいた瞬間に、恋は終わってしまったのだから。

「梁瀬くん」

「……はい」

「さっきは悪かった」

「……え」

「怒鳴ったりして、大人げなかったと反省している」

「そんな……」

「『杜《もり》』のディナーを心配してくれたこと、嬉しかったよ。ありがとう」

冬馬はふるんと首を振った。

多大な迷惑と心配をかけてしまったのに、ありがとうだなんて。

「そろそろ離陸します」

操縦士が振り返る。聡史は「お願いします」と頷いた。シートベルトが上手《うま》く締められずにもたついていると、聡史が手伝ってくれた。ふたりがヘッドホンを装着するのを待ってプロペラが回り出す。

——これ以上優しくしないで……。

込み上げてくる感情が涙に変わらないよう、強く唇を嚙《か》みしめた。

「勘違いしちゃいそうに……なるから」

消え入りそうな呟きはプロペラ音に掻き消され、聡史の耳に届くことはなかった。


郊外の離着陸場でヘリコプターを降りた。聡史は「念のために病院に行こう」と言ってくれたが、額のかすり傷以外に怪我はないからと固辞した。聡史はタクシーで冬馬をアパートに送り届けると、そのまま『フレンチ・杜』へ向かった。

怪我はなかったが、さすがに体力を消耗した。ぐったりとベッドに横たわっていると、高柳から電話があった。野菜がディナーに間に合ったことを知ってホッと胸を撫《な》で下ろしたが、同時に言葉にならない寂しさを覚えた。

『本当にごめんな。怪我させてしまって、お詫《わ》びの言葉もない』

『かすり傷ですから心配しないでください。こんなことになってしまって、お詫びしなくちゃいけないのはおれの方です。本当にすみませんでした』

冬馬が野菜を取りに行くことにOKを出したのは高柳だ。どんなに冬馬が「自分のせいだ」と主張しても、聡史は高柳に何かしらの指導をしたに違いない。想像すると、申し訳なさでいっぱいになる。

『梁瀬くんのおかげだって、みんな感謝しているよ。ありがとうな』

高柳は何度も繰り返しそう言ってくれた。無事にディナーを出せたことは心から嬉しかったけれど、本音を言えば自分もその場にいたかった。間に合ってよかったねと、みんなと喜びを分かち合いたかった。『フレンチ・杜』のスタッフでもないくせに、そんな思いが胸に渦巻いて窒息しそうなほど苦しい。

高柳との通話を切ると、冬馬はそのまま優也《ゆうや》の番号をコールし「今夜うちで飲もうぜ」と誘った。胃のあたりが重苦しくて食欲はないけれど、無性に酒を飲みたい気分だった。何よりひとりで夜を迎えるのが怖かったのだ。

バイトを終えた優也がやってきたのは、午後九時を回った頃だった。

「遅っせ～よ～、優也。待ちくたびれた」

玄関まで迎えに出てやったというのに、親友はドアを開くなり目を剝いた。

「お前、どんだけ飲んだんだ」

「先に飲んでるからなって、ちゃんとゆいましたけど？」

「顔真っ赤だぞ」

「ん？　そう？　全然酔ってないよ？」

「出た、酔っぱらいの常套句《じょうとうく》『全然酔ってない』。てか、それどうしたんだよ？　額」

「ああ、これね。お魚咥《くわ》えたドラ猫を追っかけたら引っ搔《か》かれた」

「お前はいつから国民的アニメの主人公に——うわっ、なんだこれ」

居間のテーブルに転がっているビールの空き缶を数え、優也は冬馬を振り返った。

「ひとりでこんなに……しかも全部ビールだ。発泡酒でも第三のビールでもなく、本物のビール。お前、これで今月破産だろ」

「破産上等。お前の分も買ってあるから早く座れよ」

よろよろとキッチンに向かい、冷蔵庫から優也の分のビールを取り出す。優也は持参したスナック菓子をテーブルに並べながら、大きなため息をついた。

「ではでは、かんっぱ〜〜いっ」

「……乾杯」

「くぅぅ、やっぱ本物のビールは美味いな」

冬馬は口元の泡を拳で拭う。

「この間は、ビールも発泡酒も味に違いなんてないって言ってなかったか？」

「そだっけ？」

本当は今もわかっていない。ただ酔いたくて、正気でいたくなくて、苦いだけの炭酸を胃袋に送り込んでいるだけだ。

「んで？」

ポテチの袋をバリッと開けながら、優也がちらりと視線をよこす。

「理由はなんなんだ」

「理由？」

「お前が破産上等になった理由だよ。何かあったんだろ？」

親友の鋭さに、冬馬は思わず口ごもる。

「……別に」

「うそつけ。お前が理由もなく本物のビールを買ってくるわけない。しかもこんなに何本も」

「やあねぇ、優ちゃんったら、人を貧乏人みたいに言わないでくれる？」

身体をくねくねさせてみせたのに優也はまったく笑わない。ノリの悪いやつだ。

「ふざけてないでちゃんと答えろ。なんでそんな自棄酒《やけざけ》みたいな飲み方してるんだ。俺にも言えないようなことなのか？」

「…………」

真顔で問い詰められ、冬馬は押し黙るしかなかった。

「綿谷さんと、なんかあったのか？」

「なっ、なんでいきなり綿谷さんの名前が出てっ——うわっ」

いきなり図星を指され、冬馬は手にした缶ビールを落としそうになる。

「セーフ。危なかった」

「一本二百五十円。零《こぼ》したりしたら夢に出るぞ」

冬馬は「まったくだ」と頷く。

「喧嘩《けんか》でもしたのか？」

「だから、なんで綿谷さん絡みだって決めつけてんだよ」

「違うのか？」

「………………」

ムキになってしまった時点で認めたも同然だ。冬馬は、はあっと長いため息をついた。

「やだね～、無駄に鋭いやつって」

人間は幼い頃に必要以上の苦労をすると、他人の心の機微にひどく敏感になるのではないだろうか。あくまで冬馬の主観だが、ことあるごとにそう感じる。周りの大人たちの気持ち、特に彼らが隠したがっている本心にいち早く気づくことが、身を守るための大切な手段なのだ。

相手の地雷がどこにあるのか、何に触れてはならないのか、子供なりにいつも神経を尖《とが》らせて生きてきた。迷惑をかけないように、嫌われないように。そうして無防備な自分を守ってきたのだ。優也も、もちろん冬馬も。

「話したくないなら、無理に話せとは言わないけどさ」

「……話したくない」

「だったらなんで俺を呼んだんだよ」

「……ひとりでいたくなかった」

「寂しがり屋さんかよ」

優也はクスッと笑い、摘《つ》まんだポテチをサクリと噛み砕いた。

「で、どこのドラ猫に引っかかれたんだ」

「……二丁目のタマ」

「知らないやつだけど、許さない」

「……は？」

「俺の親友を傷つけるやつは、犬でも猫でも許さない」

真剣な眼差《まなざ》しを向けられ、冬馬は何も言えなくなる。優也に隠し事をするのは、百歳になっても無理かもしれない。

「冬馬、お前綿谷さんのこと好きなん――」

「違う！」

皆まで言わせるかと、冬馬は大声で遮る。

「何言ってんだよ。綿谷さんもおれも男だぞ？　男同士だぞ？」

「知ってるよ」

「だったらなんで」

「俺はそういうの、まったく偏見ないけど」

優也は手にしたビールをぐいっと呷《あお》り、「お前は？」と訊《き》いた。

「男同士で恋愛とか気持ち悪い、とか思うわけ？」

「おっ、おれだって、偏見はない、けど……」

しおしおと項垂れる冬馬に、優也は「昔さ」とその目元を緩めた。

「小学校から施設へ帰る道で『好きな先生』の話をしたこと、覚えてないか？」

「覚えてるわけないだろ。何年前の話だよ」

「九年だ。俺は忘れてない。何年経っても忘れない。俺の初恋は、聖子《せいこ》先生っていう音楽の先生だった。覚えてるだろ？」

「それは……なんとなく」

若い小柄な先生だった気がする。

「笑うとえくぼが出来てさ、美人ってわけじゃないけど、すげー可愛《かわい》い先生だった」

「あー、ちょっとずつ思い出してきたかも」

「で、ある日の帰り道、俺はお前に『聖子先生って、可愛いと思わないか？』って訊いたんだ。そしたらお前はこう答えた。『おれは、賢介《けんすけ》先生の方がいいな』って」

「賢介先生……」

ゆっくりと記憶の扉が開く。黒いランドセルを背負った十一歳の自分たち。登下校は、いつもふたりだった。

『聖子先生は確かに可愛いと思うけどさあ、すーぐ怒るんだよなあ』

『でも、ごめんなさいって言ったらすぐ許してくれるじゃん』

『すぐ許すなら最初っから怒んなきゃいいと思うんだよね、おれは』

なんだそれ、と優也がケラケラ笑う。ランドセルの中で筆箱がカタカタ音を立てた。

『その点、賢介先生は滅多《めった》に怒んないよ？　理科の実験でおれがドジッてビーカー割った時も、全然怒んなかったし』

苗字は忘れてしまったが、賢介は二十代前半の若い教師で、当時ふたりがいた六年三組の副担任だった。

『確かに賢介先生は優しいけど、俺が今してるのはそういう話じゃないんだよなあ』

優也はやけに大人びた口調で『好きかどうかっていう話』と囁《ささや》いた。冬馬はきょとんと首を傾げる。

『おれも同じ話してるけど？　おれは聖子先生より賢介先生の方が好きだな』

『だからそうじゃなくて』

『もう、何が違うんだよ』

冬馬はぷーっと頬を膨らませた。身長も体重もほぼ同じだったふたりだが、それは優也がひと足先に大人の階段に足をかけた瞬間だったのかもしれない。

『俺、聖子先生のえくぼ見ていると、胸がドキドキするんだよね。「こら、藍沢《あいざわ》くん、ボケーッとしないの」って睨《にら》まれると、めっちゃ嬉しい』

『叱られて嬉しいとか、意味わかんないんですけど』

『叱られてる時だけは、俺だけを見ててくれる気がするんだよ』

『おれだって、賢介先生に「次の問題、梁瀬」って当てられると嬉しいけど？』

『うーん、そういうのともちょっと違くてさ』

『じゃあどういうんだよ、もう』

冬馬は『わけわかんない』と頭をガリガリ掻いた。

『つまり、初恋だよ』

『ハツコイ？』

『まあ初恋って実らないものらしいし、年の差あるから無理かもしれないけど、もし俺が十八歳になった時に聖子先生がまだ独身だったら、俺は絶対にプロポーズする』

『プロポーズって、優也、聖子先生と結婚したいってこと？』

優也は恥ずかしそうに頬を染め、『うん、そう』と頷いた。

いつもくだらない話でゲラゲラ笑っている親友が、「プロポーズ」だの「結婚」だのに思いを馳《は》せていたとは。冬馬は少なからず衝撃を受けた。

『でもなんで十八歳なの？』

『知らないの？　男は十八歳になったら結婚できるんだ』

『へえ……』

『だから俺と冬馬の「好き」は、種類が違うんだよ』

確かに賢介と結婚したいと思ったことはなかったし、そもそも男同士なのだから結婚なんてできるわけがない。けれど「お前とは違う」と断言された瞬間、冬馬は胸の奥にヒリッと沁みるような痛みを覚えた。

『そうかもしれないけど……でもおれ、やっぱり賢介先生のこと好きだと思う、多分』

優也が『……え』と足を止めた。

『結婚したいとまでは思わないし、どうせできないけど、おれが賢介先生のこと好きなのは……本当だから……変かもしれないけど』

十一歳の冬馬は幼すぎて、じわじわと心に広がっていく寂しさに似た感情を、言葉で表現することはできなかった。やはり優也の言った通り彼の「好き」は恋心であって、冬馬のそれは「いい先生だな」の延長だったのかもしれないと、今にして思う。

けれどその時の冬馬は、親友の優也に自分の大切な「好き」を否定されたように感じてしまった。優也の「好き」が正しい「好き」で、自分の「好き」はどこか間違っているのかもしれないと、ぼんやり思った。

『そっか』と頷き、優也は歩き出した。冬馬も続いて歩き出す。

『別に、変じゃないと思う』

二メートル先の優也が、ぼそりと呟いた。前を向いたままだったからどんな顔をしていたのかはわからなかったけれど、彼が口先だけで言っているのではないことは、なんとなくわかった。西日を浴びて輝くランドセルを見つめながら、こいついいやつだなあ、とじんわり思った。

「思い出したか？　あの日のこと」

冬馬は「うん」と頷き、缶に残っていたビールを呷った。

「優也、冷蔵庫からビール持ってきて」

「自分で行けよ」

「ダメ～。おれもう立ちたくない。眠い」

「だったら寝ろよ、ったく」

舌打ちしながらも、優也は冷蔵庫から冷えたビールを持ってきてくれた。

「それ飲んだら寝ろよ」

「あーい」

プシュッと缶を開ける。もう何本目なのかもわからなくなっていた。

「お前と離れ離れになってからも、あの日話したこと、時々思い出してた。冬馬に素敵な恋人ができていればいいなって、ずっと思ってたんだ」

「……そうだったのか」

「だからさ、この間『杜』の帰りに綿谷さんと話しているのを見た時、ああよかったなって思ったんだ」

「………」

冬馬は俯《うつむ》けていた視線をのろりと上げた。

「お前、俺に気を遣って『お前と食うハンバーガーが一番美味い』なんて言ってたけど」

「別に気なんか遣ってねえよ。百パー本音だよ。おれは――」

「いいから黙って聞けって。お前はなんだか妙にツンツンして『頼んだわけじゃない』とか罰当たりなこと言ってたけど」

「ホントのことだもん」

「だもんってなあ」

優也は呆《あき》れたように「ガキか」と嘆息した。

「とにかくあの日のお前は矛盾だらけだった」

「……矛盾？」

「話が上手すぎる、騙《だま》されているんじゃないかって心配する俺に、お前は『綿谷さんは他人を騙すような人じゃない』って言った。それなのに帰り道には綿谷さんのこと、ボロクソに言って」

「別にボロクソになんて」

「いーや、言ってた。『慈善事業だろ』とかなんとか。でも綿谷さんはお前の体調を本気で心配してくれていた。俺たちの話、絶対に聞こえてたはずなのに」

『梁瀬くん、その後体調はどう？』

優しい問いかけが蘇《よみがえ》る。あの陽《ひ》だまりのような瞳で聡史は今、誰を見つめているのだろう。

そう思ったら心臓をぎゅっと摑まれたように胸が苦しくなった。

「『おかげさまで』って答えた時の冬馬、すげー嬉しそうだった。にやけそうになるのを必死にこらえてるみたいに見えた」

「…………」

「まったくもって素直じゃないお前を、綿谷さんは終始慈しむみたいに見つめてくれて……それを見て俺は『ああ、冬馬が好きになった相手が綿谷さんみたいな人でよかったな』って思って――」

「違う」

冬馬はビールの缶をドンとテーブルに叩きつけた。押し留《とど》めていた感情が噴き出すように、飲み口から泡が溢《あふ》れ出た。

「勝手なことばっか言うな。おれは綿谷さんのことなんて、なんとも思っていない」

「冬馬……」

優也が痛々しいものを見るような目をするから、腹立たしさが倍増する。

「綿谷さんなんて、嫌いだ」

「なんとも思っていないんじゃないのか」

「どっちだって同じだ」

「同じじゃないだろ」

「しつこいなあ。揚げ足取るなよ」

「どうして綿谷さんが嫌いなんだよ。あんないい人、日本中探したってそうそう――」

「嫌いだって言ったら嫌いなんだよっ」

大きな声を出したら急激に酔いが回ってきた。天井が回り出し、座っていることすら難しくなる。冬馬は畳の上にへにゃっと横たわった。

「おい、寝るならベッドに」

優也に背中を突かれた時、玄関の呼び鈴が鳴った。

「冬馬、誰か来たぞ」

「……どうでもいい。優也、おれは綿谷さんなんか全然好きじゃないからな」

夜中の訪問者になど興味はない。冬馬は誰にともなく宣言する。

「おれは綿谷さんが嫌いだ。大嫌いだ」

その間にも呼び鈴は鳴り続けている。冬馬が応対できそうにないとわかると、優也は「誰だろう、こんな夜中に」とため息をついて立ち上がった。

「大嫌いだ……」

畳に頬を擦《こす》りつけ、酒臭い吐息で呟く。嫌いと口にするたびに、胸の奥で本当の自分が正反対の台詞《せりふ》を叫ぶ。冬馬は耳を塞《ふさ》いで叫んだ。

「綿谷さんなんて大嫌いだ！」

「どちら様です……えっ、ちょっとお待ちください」

玄関扉が開く音がする。知り合いだったらしい。

――大学の友達かな。

だとしたらどうして敬語なんだろうと、ほとんど使い物にならなくなった脳みそで考える。

――どうでもいい。

冬馬は思考を放棄した。

「優也〜、水飲みたい」

「おい、冬馬」

優也が玄関から呼んでいる。どこか焦ったような声色に、冬馬は寝転がったまま視線だけを玄関に向けた。

「誰か来たの……？」

目を眇《すが》めても、なかなか焦点が合わない。

「どうぞお入りください」

「いや、僕はここで」

その声に、冬馬はハッと息を呑んだ。どろどろに溶けかけていた脳みそが急速に機能を取り戻していく。

――なんで、綿谷さんが……。

「上がってください。あいつ完全に出来上がってますけど」

「しかし……」

「どうぞどうぞ。散らかってますけど。おい、冬馬、綿谷さんが来てくれたぞ」

まるで自分の家のように、優也が聡史を招き入れる。冬馬は慌てて起き上がろうとして、テーブルに頭をぶつけてしまった。ゴツンと鈍い音が響く。

「痛てて……」

「大丈夫?」

頭上に降りてきた声に、冬馬はぎゅっと閉じていた目を開いた。

「そんなに酔っているのに、急に立ち上がったら危ない」

見上げると、ゆらゆらと揺れる視界の端に、いつになくひややかな表情をした聡史がいた。

あんな大声で叫んだのだから、薄いドア越しに聡史の耳にも届いただろう。「大嫌いだ」という冬馬の声が。

「あの……」

早く言い訳しなくちゃと口を開いて、すぐに思いとどまる。一体何のための言い訳だろう。大嫌いだなんてうそだ。でも言い訳してどうなるというのだ。どの道聡史には菜々美という恋人がいるのに。恋愛の相手としてだけでなく、野菜の運搬という大切な仕事を任せる相手としても、聡史は自分ではなく菜々美を選んだのだ。

冬馬は言い訳をぐっと呑み込んだ。

「先ほどは、大っ変、ご迷惑おかけいたしました」

「傷はもう痛まない？」

「おかげさまで」

ふーふーと優しくかけられた吐息を思い出し、また胸が痛くなる。

「こんな時間になんか急用っすか？　ヘリの燃料代払えって話でしたら、また後日――」

「そんなもの」

聡史が勢いよくテーブルに手をついた。バンという音に、冬馬はビクリと身を竦ませる。

「きみに請求するつもりはない」

「…………」

知っている。聡史がそんな請求をするはずがないと。わかっていて切り出した自分の卑屈さと浅ましさに、吐き気がするほどの自己嫌悪を覚えた。

「……それを聞いて安心しました」

ほらまただ。

聡史に優しくされるたび、どんどん嫌な人間になっていく。冬馬は唇を強く噛みしめた。

「そんな無茶な飲み方をするのは感心しないな」

「…………」

「自分の部屋で何しようと勝手だって、きみは思っているんだろうけど」

吐き出すようにそう言って、聡史は深いため息をついた。

「おせっかいだっていうことはわかっている。説教をするつもりもない。ただ僕と交わした約束だけは守ってもらう」

静かだが有無を言わせぬ口調だった。聡史は噛んで含めるように「あの日」と続ける。

「きみは僕と一ヶ月間『杜』で食事をすると約束した。きみが僕のことをどれほど嫌っていようと構わないけど」

「っ……」

冬馬は思わず顔を上げたが、聡史は眉ひとつ動かさなかった。

「約束は約束だ。期日まで『杜』に通ってもらう。いいね」

聡史はくるりと背を向けた。そしてすたすたと玄関に向かい、キッチンにいた優也とひと言ふた言会話を交わすと、そのまま玄関を出て行ってしまった。滞在時間五分足らず。あっという間の出来事だった。

残されたのは数えきれないほどのビールの空き缶と、ひどく憮然《ぶぜん》とした様子の優也、そして呆然と畳に座る冬馬だけだった。

「二丁目のタマに引っ掻かれたんじゃなかったのか」

キッチンから優也が尋ねる。

「やっぱり綿谷さんと関係あったんだな、その傷」

「…………」

冬馬が答えないとわかると、優也は短く嘆息し、グラスに水を注《つ》いで持ってきてくれた。

「ほら、飲め」

喉は渇いているけれど、差し出されたグラスに手を伸ばす気力も残っていなかった。

「何があったか知らないけどさ、綿谷さん、こんな時間なのにお前のこと心配して来てくれたんだな」

「……なんで心配してるってわかるんだよ」

この期に及んでまだ拗《す》ねた態度を取る冬馬に、優也はいつの間にか手にしていた紙袋を黙って差し出した。

「……なにこれ」

「綿谷さんがお前にって。お見舞いだってさ」

紙袋の中をチラリと覗《のぞ》くと、ゼリーのようなものがいくつか入っているのが見えた。

「なあ、冬馬」

「……ん」

「俺はお前の人生のすべてを知っているわけじゃないけど、それでも結構わかり合えてると思っている。違うか？」

「……違わない」

中学でも高校でも、優也ほど心を通い合わせることのできる友人はできなかった。

「お前のことこんなに大事に思ってくれた人、今までいたか？　少なくとも俺は知らない」

「…………」

「冬馬、この前言ってたよな。綿谷さんは俺たちとは別世界の人だって。もしそれが理由なら——」

「違うんだ」

冬馬はふるふると首を振った。

「じゃあなんでだよ。綿谷さん、いい人じゃないか。お前だってあの人に大切にされているって感じてるんだろ？」

「大切にされるのと愛されるのは……違う」

「……どういう意味だよ」

「いるんだ。綿谷さんには恋人が」

「……え」

とうとう認めてしまった。胸の奥底に沈めてあった、芽生えたばかりの恋心を。収拾がつかなくなる前にコンクリートで固めて心の湖に沈めてしまおうと思っていたのに、どうやら手遅れだったらしい。

優也は「そっか」と呟いて、項垂れる冬馬の前にしゃがんだ。

「それが、自棄酒の原因か」

「……すげー可愛い人。綿谷さんとお似合いだった」

声が震えるのを止められない。

「彼女だって、紹介されたのか？」

冬馬は首を振る。

「でもわかる。綿谷さんおれのことは『きみ』って呼ぶけど、菜々美さんのことは『お前』って……」

「それだけじゃ、彼女かどうかわからないだろ」

冬馬はさらに激しく首を振った。

「おれにはわかる。わかっちゃうんだよ」

「綿谷さんのことが好きだから？」

そうだ、という答えを呑み込む。声を出した途端、こらえているものが溢れてしまいそうだから。

「おれの気持ちなんて、綿谷さんにとってはどうでもいいんだ」

『きみが僕のことをどれほど嫌っていようと構わないけど』

わかってはいたことだが、言葉にされればやはり辛い。突きつけられた現実は、冬馬の心を深く抉《えぐ》った。

「あれは多分そういう意味じゃなくて――」

「もういいんだ」

優也の気持ちは嬉しいけれど、今はきっとどんな慰めも素直に受け入れられないだろう。

「なにがいいんだよ。ちっともよくないだろ」

「ごめん……ひとりになりたい」

ようやく吐き出した台詞に、優也はふっと表情を緩めた。

「いきなり呼び出したかと思ったら、今度は追い返すのか。ホントわがままなやつ」

「……悪い」

「いいさ。酔っぱらいの世話はごめんだから」

優也が立ち上がる。

「ただしもう飲むなよ。追い払われ料として、残りの酒は俺が全部持って帰るからな」

優也は「ビールゲット、ラッキ～」と、鼻歌交じりに冷蔵庫に残っていたビールを二本、サコッシュに無理矢理詰め込んだ。この親友は昔から、おちゃらけたふりをしてさりげなく相手を思いやるのが上手い。

スニーカーの紐《ひも》を結び終わると、優也が「冬馬」と呼んだ。

「……ん」

「もうひとつ、昔のこと思い出した。仲よくなって間もない頃、お前、俺に言ったんだ。『おれたち貧乏だけどさ、心まで貧乏になんないようにしような』って」

覚えている。それは他でもない冬馬自身が、ずっと自分に言い聞かせてきたことだから。

「ふたりで近所中の自販機の釣銭受けに手を突っ込んで回ってること、同じクラスのやつらに見られてバカにされた時、俺は死ぬほど恥ずかしくてべそかいたけど、お前は毅然《きぜん》としていた」

『貧乏なのはおれたちのせいじゃないだろ。おれたちは何も悪くない。小銭を集めてアイスを食いたいって思うことのどこが悪いんだ。ほら立て。あと五十円集めたらアイス食えるぞ』

めそめそしている優也の後頭部を、そう言って叩いた。

「あの時のお前は、めちゃくちゃかっこよかった」

過去形かよ。冬馬は口元を緩ませる。

「お前、恋愛を避けてるだろ。結構モテてるのに、恋愛関係になりそうになった途端、すーっと身をかわすんだ」

「バイトバイトでそんな暇ないだけだ」

うざったそうに反論したが、多分優也の言う通りだ。中学でも高校でも冬馬はわりとモテた。言い寄ってくる相手は年上の男性だったり同学年の女の子だったりと様々だったが、ひとりとして恋人関係に発展した相手はいなかった。

中学の頃は無意識だった。告白されて断ると「施設育ちのくせに」と陰口を叩かれた。高校生になる頃には、告白されそうな雰囲気になることすら避けるようになっていた。

「ガキの頃はあんなに毅然としていたくせに、今のお前はどこかで『金がないから恋ができない』と思ってる。貧乏を盾にして恋愛から逃げてるんだ」

「……っ」

ストレートな指摘がズキンと胸を刺す。

「なあ冬馬、ちゃんとステージに立てよ。簡単に諦めんなよ」

「…………」

「ダメ元で綿谷さんの胸に飛び込んでみろよ。もしも砕け散ったら、俺が破片を拾ってやるから」

そう言い残して優也は出て行った。

ドアの閉まる音を聞きながら、冬馬は項垂れていた頭をのろりと上げた。

貧乏を恥じてはいないというのは、決してうそではない。『ドンと来い！　貧乏飯』だって冬馬なりの矜持《きょうじ》を持ってやっている。けれど聡史を前にした途端、自信がなくなった。真夏の入道雲のように膨れ上がっていく恋心と、隙あらば顔を出す妖怪「おれなんか」が、胸の奥でせめぎ合って収拾がつかなくなっているのだ。

「飛び込むって言っても……」

あの雨の夜、肩を寄せ合って相合傘で歩くふたりの後ろ姿が脳裏から離れない。水を張っていないプールに頭からダイブしたら大怪我をすることくらい、子供にだってわかる。

はあっと深いため息をつく。吐息の酒臭さに辟易《へきえき》した。

傍らの紙袋を引き寄せて覗いてみると、さっきは気づかなかったがメモが一枚入っていた。

【梁瀬くんへ。今日はありがとう。『杜』の窮地を救おうと頑張ってくれたのに、怒鳴ったりしてごめんね。このゼリーは試作品です。味の感想を聞かせてもらえたら嬉しいな。おでこの傷、早く治りますように。　——綿谷】

のびやかでバランスの取れた文字は誰の目にも読みやすく、聡史の人柄をそのまま表しているようだった。冬馬はゼリーをひとつ手にする。鮮やかな赤色をしたゼリーの中には、小さめのトマトが丸ごと閉じ込められていた。

「久五郎さんちの朝採れトマトゼリー」

パッケージの商品名を読み上げた途端、あの日食べたトマトの甘みが口の中にじんわりと広がった気がした。

『ほらまた赤くなった』

聡史の笑顔が蘇る。

「綿谷さん……っ」

メモを胸に押し当てたら、ぶわりと涙が溢れた。

「うっ……っ……くぅ……」

こらえようとしても、喉奥から激しく嗚咽《おえつ》が漏れる。小学校に上がって以来、声を上げて泣いたことなど一度もなかったのに。

「綿谷……さんっ……うう……」

ポテチの欠片《かけら》が散らばったテーブルの上に、はたはたと落ちる。

優也はああ言うけれど、この恋が実らないことは冬馬が一番よくわかっている。優也は聡史と寄り添う菜々美の姿を見ていない。だからあんなことが言えるのだ。『菜々美』と呼ぶ聡史の楽しげな声を聞いていないから。

冬馬が「好きだ」と打ち明けたら、聡史は一瞬驚いたような顔をするけれど、きっとすぐに「ありがとう」と言うだろう。そんなふうに思ってくれて嬉しいよ、いつものように穏やかに微笑《ほほえ》むだろう。

けどその裏側できっと困惑する。自分の優しさがとんでもない誤解を招いてしまったのだと苦しむだろう。気持ちは嬉しいけれど僕はゲイじゃないんだ。それに菜々美という恋人も

いる。勘違いさせてごめんね――。悲しそうな瞳でそう言うだろう。展開の予想がリアルすぎて、嗚咽の合間に自嘲の嗤《わら》いが漏れる。

「初恋は実らないって言ったの、優也じゃん」

――優也、ごめん。やっぱりおれ、飛び込めない。

プールの底で全身を骨折するのが怖いからじゃない。大好きな人を困らせたくないのだ。約束の期限が過ぎたらもう聡史と会うことはないだろう。ひと月の間楽しい夢を見せてもらえたことに感謝して、さようならを告げるだけだ。

あと何回聡史に会えるだろう。あの優しい笑顔をあと何回見られるのだろう。あの穏やかな声で、あと何回呼んでもらえるのだろう。

『梁瀬くん』

愛《いと》しい声を思い出しながら、冬馬はいつしか浅い眠りについていた。

胃の痛みで目が覚めたのは、翌日の正午近くのことだった。ベッドから起き上がろうとした冬馬は「うっ……」と唸《うな》って鳩尾《みぞおち》を押さえた。なんとなく吐き気もする。

――そうだ、昨夜優也を呼んで自棄酒を……。

ゆるゆると昨夜の記憶が蘇る。過去最高の量のビールを飲んだことは間違いないが、一体何本飲んだのか思い出せない。

「痛っ……」

胃の痛みに耐えかねて、もう一度布団に横たわった。この調子では『フレンチ・杜』へ行っても何も食べられないだろうと思い、高柳に『急用ができた』と連絡を入れた。

視線を動かすと、畳の上に黒い何かが転がっているのが見えた。なぜワイヤレスマウスが落ちているのだろうと不思議に思った次の瞬間、もうひとつの記憶が蘇った。

優也が帰った後、一度浅く眠ったがすぐに目覚めた。泥酔した状態で動画を撮影し、そのままの勢いで『ドンと来い！　貧乏飯』を更新したのだ。

編集らしい編集もせず、覚束《おぼつか》ない指で「えいやっ」とアップしてしまったことは覚えているが、何を喋《しゃべ》ったのかまったく思い出せない。

慌てて手元のスマホで自分のチャンネルを確認する。深夜に上げられた動画を観て、冬馬は頭を抱えた。

『はい……みなさん、こんばんわっ……トウリス……ですっ！　おれはですねえ、今ですねえ、なんとっ、酔っぱらってます！　でっへへ……』

だらしない声が、自分のものだと信じたくなかった。

『あのですねぇ、みなさんにぃ、大切な報告がっ、あります。実はおれ、トマトが食べられるようになりましたっ！』

パラパパッパパ～と効果音が入っている。あの状態でよく入れられたものだと、呆れと同と宣言して締めていた。

時に驚きを覚えた。当然最後まで料理の紹介はなく『次はトマトを使った料理を紹介する』

「最悪……」

横になったまま、冬馬はどっとため息をついた。吐き出した息がまだ酒臭くてげんなりした。削除しようかと思ったが、すでにコメントがいくつかついている。

【トウリスくん、トマトが一番苦手だったのね。私と同じだあ】

【酔っぱらったトウリスくん、超可愛い♥】

【は？　トマト？　貧乏飯じゃなくなるんじゃね？】

【野菜嫌い系はどうしたｗｗ】

貧乏ユーチューバー・トウリスにとってトマトは確かに高級品だ。もちろん梁瀬冬馬にとっても。酔った勢いとはいえなんでこんな動画を上げてしまったのか、自分で自分を蹴飛ばしたくなる。

削除してしまおうかとしばらく迷ったが、結局残すことにした。カメラのアングルが怪しくてひやひやするが、辛うじて最後まで顔は映っていない。何よりコメントをくれた視聴者がいる以上、自分の都合で消すわけにはいかないと思った。

「ほんと……最悪」

もう一度大きなため息をつく。胃の痛みはちっともよくならないけれど、二日酔いなら徐々に回復するだろう。そう思ってもう一度目を閉じた。

どれくらい経《た》っただろう、突然の激しい吐き気でふたたび目が覚めた。口を押さえてよろよろとトイレに向かって歩き、吐いた。

数分かかって胃の中のものをすべて吐き出した。しかし吐き気は収まらない。胃痛もどんどんひどくなっていく。

「……うっ……」

経験したことのない痛みに、呼吸が浅くなる。全身をじっとり冷や汗が覆った。

――ヤバイかも。

さすがに病院に行った方がいいかもしれない。国民健康保険に加入していないから支払金額が心配だが、そんなことを言っていられないほど、状態は刻一刻と悪化している。

「……痛い……っ……痛い……」

トイレの床に蹲《うずくま》った冬馬は、ついに動けなくなってしまった。

ベッドサイドでスマホが鳴っているのが聞こえるけれど、取りに行くこともできない。救急車を呼ぶこともできない。

「……痛い……よ……」

激しい痛みに目の前がぼやけ始めた。人はこうやって死んでいくのだろうかと、薄れていく意識の中で考えた。

――綿谷さん……。

愛しい人の笑顔が浮かんだ。告白なんて、やっぱりしなくてよかった。自分を「好きだ」と言った相手に死なれたら、あまりいい気はしないだろう。

――綿谷さん……助けて。

もう声を上げることもできない。歯を食いしばって痛みに耐えながら浅い呼吸を繰り返していると、ドンドンという音が聞こえてきた。誰かが玄関ドアを叩いているのだ。合間に呼び鈴も鳴っている。

――よかった、優也が来てくれた。

この部屋を突然訪ねてくるのは、優也くらいのものだ。しかし次の瞬間耳に届いたのは、想像していた声ではなかった。

「梁瀬くん。梁瀬くん？」

――綿谷さん……？

一瞬、期待に目を開いたがすぐに思い直す。これは昨日のデジャブだ。そんなに何度も都合よく聡史が助けに来てくれるわけがない。そう思ったのだが。

「梁瀬くん！　いるのか！　いたら返事をしてくれ！」

聡史の呼ぶ声はますます大きくなる。ここにいますと答えたいのに、強すぎる痛みに呼吸をするのがやっとだった。次第に手足が痺《しび》れてくる。

「大家さん、開けてください」

「わかりました」

次の瞬間、ガチャリと玄関ドアが開く音がした。

「梁瀬くん、どこ？　梁……あっ」

トイレの扉が開く。

「梁瀬くん！」

声と同時に、聡史がトイレに飛び込んでくる。

「梁瀬くん、大丈夫？」

聡史が来てくれた。デジャブではなかった。安堵が全身を包む。

――神さま、夢じゃありませんように……。

「綿……っ……痛っ……」

心配をかけたくないと思うのに、鳩尾を押さえて蹲ることしかできなかった。

「お腹が痛いの？　胃？」

「……くぅっ……」

唸りながら辛うじて頷くと、聡史は「わかった。もうしゃべらないでいい」と背中を擦《さす》ってくれた。

「大家さん、救急車を」

「わかりました」

ふわりと身体が浮く。

「もう大丈夫だからね」

聡史の囁きに頷くこともできないまま、冬馬は意識を失くした。


ゆっくりと開いた目に飛び込んできたのは、見慣れたアパートの天井ではなかった。左腕には点滴の針が刺さっていて、周囲を白いカーテンに囲まれている。

「あ、気がついた？」

心配そうに覗き込む顔に、記憶がゆるゆると巻き戻る。

「……綿谷さん」

「どう？　痛みは？」

多少重苦しさが残っているが、のたうち回るほどの痛みは消えている。

「……大丈夫です」

聡史は「よかった」と嘆息しながら、浮かせていた腰を丸椅子に下ろした。

「急性胃炎だそうだ」

「急性……胃炎」

「余病はなさそうだけど、念のため今夜ひと晩だけ入院しなさいって」

気を失うほどの胃痛の原因は、過度なアルコール摂取による急性胃炎だった。そもそも胃壁が荒れていたのではないかと、内視鏡の結果を見た医師が言ったという。思い返せば「飲みに来ないか」と優也を誘った時から、なんとなく胃のあたりが重苦しかった。あれは胃炎の兆候だったのだろう。

「最初、優也が来たのかと思いました。あいつが忘れ物でも取りに来たのかと」

状況を考えればそれが一番自然だ。よもや聡史が来てくれるなんて、夢にも思っていなかった。聡史は「……そう」とひと言、なぜか妙に沈んだ声で呟いた。

「どうして来てくれたんですか」

記憶はないが、痛みに朦朧《もうろう》としながら聡史を呼んだのだろうかと思ったが、あの時スマホはベッド脇に置きっぱなしになっていたはずだ。

「動画を観たんだ」

聡史はため息に乗せて答えた。

「昨夜、帰宅してからもずっときみのことが心配だった。あんな飲み方して……一体何があったんだろうって。それで今朝、きみのチャンネルをチェックしてみた。そうしたら」

呂律《ろれつ》の回らない状態の短い動画がアップされていて、余計に心配になったのだという。高柳に尋ねると、冬馬から「今日は行かない」と連絡があったという。胸騒ぎを覚えた聡史は、冬馬のスマホを鳴らした。

「しかし何度かけてもきみは出ない。何かあったに違いないと思った」

聡史は社内会議を途中で抜け出し、冬馬のアパートに向かった。隣家に住む大家に緊急事態を告げ、冬馬の部屋へ駆けつけたのだという。

「チェーンがかかっていたら、ドアごとぶっ壊そう思ったんだけど」

ぶっ壊すなんて言葉が、聡史の上品な唇から飛び出したことにちょっと驚く。

「優也が帰った後すぐ寝ちゃったから、チェーンかけてなかったんです。スマホ鳴っているのはわかってたんですけど、動けなくて……すみません」

聡史は口元に穏やかな笑みを湛《たた》え、静かに首を振った。

「大事に至らなくて本当によかった。それだけだよ」

そう言って聡史は、白い布団の上にそっと手を乗せた。その重みに、喉の奥から熱いものがぐっと込み上げてくる。この人は本気で、心の底から自分を心配してくれている。そう信じるに足る重さだった。冬馬はぐっと奥歯を噛み締めた。

「ごめんなさい。また綿谷さんに迷惑かけちゃいました」

思えば出会いからそうだった。ベンチに倒れているところを助けられ、栄養失調だと食事を与えられ、頼まれもしないのにドジを踏んで、山岳救助の真似までさせてしまった。

「ずっと迷惑ばっかりかけて……おれ、綿谷さんに迷惑をかける星の下に生まれちゃったみたいです」

「迷惑だなんて一度も思ったことはないよ」

真摯《しんし》な瞳が眩《まぶ》しくて、冬馬はそっと目を逸らす。

──ダメです、そんな優しいこと言っちゃ。

この優しさが愛ゆえならどんなにいいだろう。どんなに深く沈めても性懲りもなく浮かんでくるその思いに、冬馬は辟易する。どうやら自分はこの短期間で、とてつもなく欲深い人間になってしまったらしい。

美味しい食事と楽しい思い出を山ほど与えてもらい、その上聡史に一体何を求めるというのか。

──このまま綿谷さんの近くにいたら、おれ、本当にダメになる。

ずるずると甘えて、聡史なしでは暮らせないようになってしまう。

「明日明後日《あさって》は絶食して、その後は調子を見ながら消化のいいものから食べるようにって、先生がおっしゃっていたよ」

「……わかりました」

一ヶ月『フレンチ・杜』に通うという約束は、これで果たせなくなった。

──切り出すなら今だ。もう会わないって、自分から言うんだ。

頭ではわかっているのに、断崖を前にしたように一歩が踏み出せない。

それでも勇気を振り絞って「あの……」と呟いた時だ。

「先生を呼んでくるね」

立ち上がろうとした聡史の腕を、冬馬は咄嗟《とっさ》に摑んでしまう。

「行かないで」

ぽろりと唇から零れた本音に、聡史は驚いたように目を見開いた。

「ごめんなさい……迷惑だってわかっているのに……でも、もうちょっとだけ……ごめんなさい」

ごめんなさいと繰り返しながら、聡史のシャツを握る指を放せない。心がふたつに引き裂かれるようで、喉奥から嗚咽が漏れた。

「行かないで……」

掠《かす》れる声が震える。みっともなくて情けなくて、ぶわりと涙が溢れる。

「行かないよ」

囁きを吐息に乗せ、聡史が浮かせていた腰を下ろす。

「こんなきみを置いて……どこへも行けない」

「……ごめっ……なさいっ……」

「謝らなくていい。僕が、ここにいたいんだ」

そう言って聡史は冬馬の頭をそっと撫でた。

泣き止《や》まなくてはと思うほどに、嗚咽が込み上げてくる。慈しむような手のひらの動きに、眦《まなじり》からとめどなく涙が伝った。気が済むまで泣けばいいよ。どこまでも優しく柔らかな体温が、そう言ってくれているようだった。

「小さい頃、トマトが苦手でした」

ひとしきり泣いた後、冬馬はぽつりと呟いた。幼少期の——両親が生きていた頃の話を自分からするのは、初めてのことだった。

「そう言っていたね」

「サラダのトマトをいつも残しちゃって。そしたらある時母がトマトの苗を買ってきて、ベランダで育て始めたんです」

幼稚園の年長組の初夏のことだった。自分で育てたトマトなら食べてくれるかもしれない。母はそう考えたのだろう。

「『水やりは冬馬のお仕事ね』って言われて……トマトは嫌いだけど、水やりを任せてもらえたのはちょっと嬉しかった」

トマトはすくすくと成長していった。

「二週間目くらいだったかな、緑のちっちゃな実が生《な》ってるのを見つけたんです」

『ママ、みてみて、大変！』

冬馬の叫びに、母がベランダへ飛んできた。次いで父もやってくる。

『どうしたの、冬馬』

『トマトの赤ちゃんができたの！　ほら、ここにちっちゃいのが』

興奮気味のひとり息子に、両親は顔を見合わせて笑った。

『……あ、本当だ。トマトの赤ちゃんね』

母は目を細め、濃い緑色の小さな実を指先でツンと突いた。

『でもなんで赤じゃなくて緑なのかなあ』

首を傾《かし》げていると『まだ赤ちゃんだからだよ』と父が教えてくれた。

『トマトはね、ちっちゃい時は硬くて緑色だけど、大人になると赤くて柔らかくなるんだ』

『じゃあこの子もだんだん赤くなるの？』

『もちろん』

父は冬馬の頭をくりくりと撫でてくれた。

『ねえママ、あと何回寝たら、大人のトマトになるの？』

『そうねえ、大体三週間くらいだから、二十回くらい寝たら赤くなるかな』

母の答えに、冬馬は『えー、まだまだじゃん』とがっくり肩を落とした。それでも毎朝起きるのが楽しみで、『水は毎日あげなくていいのよ』とじょうろを取り上げる母を、恨めしく思ったくらいだった。

「トマトは無事収穫できたの？」

聡史の問いに、冬馬は「いいえ」と首を振った。

「ちゃんと赤くなったのかさえ、わからないんです」

冬馬の答えに、髪を撫でていた聡史の手が止まった。

ベランダのトマトが赤くなり始める前に、両親は交通事故で亡くなった。久しぶりに家族揃《そろ》ってレジャーに出かける途中の事故だった。

制限速度を守って走っていた父の車に、対向車線をはみ出してきたトラックが激突。運転席の父と助手席の母は即死、後部座席でチャイルドシートに保護されていた冬馬は、奇跡的に大きな怪我を負わずに済んだ。

当日の記憶は曖昧《あいまい》だ。後部座席を交互に振り返るふたりの笑顔は今でも鮮明に覚えているのに、事故の瞬間のことはまったく記憶にない。両親が亡くなったことを誰の口からどんな形で知らされたのかも覚えていない。二週間ほど入院し、退院した時にはふたりの葬儀は終わっていて、冬馬は遠縁の親戚の家で育てられることが決まっていた。

父にも母にも兄弟姉妹がおらず、おまけに揃ってふた親を亡くしていたため、冬馬の引き取り手はなかなか決まらなかったらしい。

『冬馬くん、おじさんとおばさんのことを、本当のお父さんとお母さんだと思ってくれていいんだからな』

どこか張り切った様子のおじさんを、おばさんが『あなた』と窘《たしな》める。

『すぐには無理よね。徐々にね』

『そうだな。徐々にな』

『冬馬ちゃん、遠慮しないで甘えてちょうだいね』

父方の遠い遠い親戚だというおじさんとその妻は、退院したての冬馬にたくさんの言葉をかけてくれた。けれど彼らの気遣いを、当時の冬馬が理解できるわけもなかった。両親がもう帰ってこない。その事実を受け止めることすらできていない状態だったのだから。

どうしてそんなこと言うの？　冬馬のお父さんとお母さんはパパとママだけだよ？　パパとママはどこ？　パパとママに会わせてよ――。寝ても覚めてもそればかり考えていた。

昼も夜もクローゼットの隅っこでめそめそと泣いている。保育園にも行きたがらない。せっかく作った子供向けの料理も残してばかり。何ヶ月経ってもそんな調子の冬馬に、夫婦の表情には次第に諦めの色が濃くなっていき、冬馬が小学校に上がる頃には必要以上の接触を求めてこなくなった。

「おばさんは子育ての指南本まで買って、なんとかおれを元気づけようとしてくれました。でもおれは……最後まで甘えることができませんでした」

愛想笑いを強いられる団らんの時間は苦痛でしかなかった。それなのにひとりになると涙が止まらなくなってしまう。そんな日々が長く続いた。

「それでもご飯だけはちゃんと作って出してくれました。トマトを残すと、ちょっと嫌味を言われましたけど」

「……そう」

「今思うと、ふたりにはずいぶん大変な思いをさせてしまったと思います」

「きみはなにひとつ悪くない。引き取ると決めた以上、ふたりにはきみを育て上げる責任があるんだから」

「でも、おれがいつまでも懐かないものだから、おじさんとおばさんの仲がだんだん拗《こじ》れてしまって」

冬馬が小学三年生の夏、夫妻は離婚した。冬馬はどちらにも引き取られることなく、都内の別の親類の家に預けられることになった。その家には冬馬よりふたつ年上のひとり息子がいた。どうやら夫婦はひとり息子に「兄弟」を作ってやりたかったらしい。

「自分以外にも子供がいたから、無理に笑う必要がなくなって、その点ではちょっと楽になったんですけど……」

兄となった少年は冬馬を歓迎しなかったらしく、夫妻の知らないところで陰湿ないじめを繰り返した。月々の小遣いもなんやかんやと理由をつけて巻き上げられ、冬馬はジュース一本自由に買えなかった。

頻繁に学用品を隠されることには辟易したが、冬馬は黙って耐え続けた。両親の前では完璧な優等生を演じる息子を、夫妻が盲目的に愛していることを知っていたからだ。

「もしかして、自分のせいでその家庭が壊れるのが嫌だった……とか？」

「天涯孤独の自分を引き取って、毎日温かいご飯を食べさせてくれて、学校にも通わせてくれて……感謝しなくちゃ罰が当たります」

「感謝していたから、黙っていじめに耐えていたの？」

眉根を寄せる聡史に、冬馬は黙って頷いた。

「間違っていたのかもしれないけど、『あなたたちの息子にいじめられています』って訴えることは、その時のおれにはできなかったんです。親がいないってそういうことなんだなって、子供心に諦めていたっていうか」

髪に添えられていた聡史の手のひらが、ぎゅっと握られるのを感じた。

「それに養護施設でもその手の意地悪や嫌がらせはあったし……」

当時施設には、ひとつ上の学年に素行に問題のある子供がいた。毎日ふたりで夜遅くまで勉強している冬馬と優也が面白くなかったのか、しばしば部屋の電気をいきなり消したり、教科書を隠したりといった嫌がらせをしてきた。いつもひとりぼっちで、暗い目をした少年だった。

優也という親友を得ることができた自分は、やはり幸せだったのだろう。彼の存在は当時の冬馬にとってどれほど救いだったかわからない。学生鞄《かばん》に雑巾を突っ込まれても、財布から千円札を抜かれても、優也と離れ離れになった時ほど辛くはなかった。

「高校を卒業したら大学へ行く。独立する。それまでの辛抱だって自分に言い聞かせて、ひたすら勉強していました。奨学金とバイトで賄《まかな》うには、現役で国立大に行くしかなかったし」

どの道高校を卒業したら養護施設を出てひとり暮らしをしなければならない。だから東京を離れ、比較的家賃の安い東北地方の大学を選んだのだ。

「本当に頑張ったんだね」

聡史は呟き、一層優しい動きで髪を撫でてくれた。

「最初に引き取られたおじさんの家に向かう途中で、事故前まで家族三人で暮らしていた賃貸マンションに寄ったんです。荷物を取るために」

驚いたことに家財道具はほとんどが処分されていた。残っていたのは冬馬の服やおもちゃと、ほんのわずかな生活用品だけだった。通っていた幼稚園のバッグや制服すら、転園するのだからと捨てられてしまっていた。

「そこに家族三人で暮らしていたことが信じられないくらいガランとしていて、しばらくの間呆然としちゃったんですけど」

ふとベランダに目をやった冬馬は、そこにトマトのプランターが残されていることに気づいた。

「おれはおじさんたちに気づかれないようにそっとベランダに出て、トマトをひとつもいでポケットに入れたんです」

見咎《みとが》められて取り上げられないように、咄嗟に一番小さな実を選んだ。熟す途中の小さなトマトを、車の後部座席でそっと口に入れた。

半分が緑、半分が赤。青臭さと酸味と苦みの中に、ほんのかすかに甘みを感じた。

『水やりは冬馬のお仕事ね』

『大人になると、赤くて柔らかくなるんだ』

両親の笑顔が浮かんできて、こらえていた涙が溢れてしまった。なぜだか泣いていることに気づかれてはいけないような気がして、声を殺して嗚咽した。

「あの時からずっとトマトは食べていませんでした。おじさんの家でも、新しい家でも、養護施設でも、ひとり暮らしを始めてからも……食べられなかった」

聡史は無言で二度三度と頷きながら、冬馬の髪を撫で続けてくれた。

「でも久五郎さんのところでは、不思議と食べられたんです」

「どうしてだろう」

「さあ……」

おそらくあの時すでに、冬馬は恋に落ちていた。もちろん生産者を前にして断り切れなかったということもあるが、大好きな人のイチオシのトマトだから、きっと口に入れることができたのだろうと今にして思う。

トマトを前にすると、必ずといっていいほどあの時の記憶が襲ってきて、しばらくの間気分が塞いだ。しかし久五郎のトマトだけは、辛い記憶を引き連れてこなかった。

——綿谷さんが隣にいてくれたから。

だけどそんなこと、本人に言えるわけもない。

「美味しかったからだと思います」

「食べる前に美味しいってわかったの？」

「勘、かな」

「素晴らしい勘だね」

手を動かしながら、聡史がふっと笑った。

頭を撫でられるなんて一体いつ以来だろう。少なくとも両親以外の人間に撫でられた記憶はない。そんな辛いことがあったの。苦労したんだね。よく乗り越えて大人になったね——。手のひらから伝わる温《ぬく》もりがそう語りかけてくるから、また涙が溢れそうになってしまう。

静かに流れる時間が心地よすぎるせいだろうか、それとも鎮痛剤のせいだろうか、うとうとと眠気が襲ってくる。眠った途端に聡史が帰ってしまいそうだから、そっと欠伸《あくび》を噛み殺した。

なぜ突然トマトの思い出を話そうと思ったのか、冬馬にもよくわからない。親友の優也にさえこの話はしていない。隠していたわけではないけれど、話そうという気持ちになれなかったのだ。このまま一生誰にも打ち明けることなく、墓まで持っていくつもりだった。

胸の奥で疼《うず》き続け、今もなお血を流し続ける深い傷。本当はずっと誰かに聞いてほしかったのかもしれない。その懐にすべてを受け止め、大仰なリアクションもせず、ただ黙って髪を撫でながら聞いてくれるような誰かに。

何も飾らないそのままの自分を、聡史に知ってもらいたかった。

――違う、そんなことじゃない。

これはもっと即物的な欲求だ。

自分は聡史を繋《つな》ぎとめておきたいのだ。冬馬が話をしている間、聡史はここにいて髪を撫で続けてくれると知っているから。

――だからおれは……。

聡史の優しさに縋《すが》りついた。菜々美という恋人がいると知りながら。

「なんでおれみたいなやつに、こんなに親切にしてくれるんですか」

眠気と闘いながら尋ねると、聡史はその手を止め、「んー」と難しい顔をした。

「まずひとつ目。自分を卑下しちゃいけない。僕が知っている梁瀬くんは、『みたいな』なんて言葉で形容されるような人間じゃない。少なくとも僕はそう思っている」

きっぱりと言い切る聡史の瞳は、どこまでも真剣だった。

「それからふたつ目。僕はきみに親切にしているつもりはない」

「……でも」

これまでのことが親切でないのなら、一体なんだというのだろう。

「多分僕は、梁瀬くんが思っているよりずっと、利己的でずるい人間だ」

「そんなこと――」

「本当だよ。僕はきみが思っているような、親切で優しい男じゃない」

どこか辛そうにそう言って、聡史は俯いた。

「僕は……僕のしたいようにしているだけなんだ」

どういう意味なのだろう。理解しようとするのだが、脳の回転が徐々に速度を落としていく。こらえていたのに、ふあっと欠伸が出てしまった。

「鎮痛剤が効いているうちに、もう少し眠った方がいい」

「……はい」

声に不安を滲ませないようにしたのに、聡史には伝わってしまったらしい。

「大丈夫。明日の朝までここにいるから」

それならずっと夜のままがいい。どんなに暗くても朝なんて来なくていい――。などと考える傍《そば》から、眠りの淵《ふち》が近づいてきて、冬馬は目を閉じた。

「おやすみ、梁瀬くん」

「……なさい」

眠りに落ちる瞬間、唇に何か柔らかいものを感じた。

――キス……？

まさかね。

夢でもいいから、一度でいいから、聡史とキスがしたいなと思った。


「あ～、やっと試験終わったあ！」

講義棟を出るなり、優也が「ひゃっほ～！」とこの世の天国が来たような声を上げた。前期試験最終日のこの日、周囲の学生たちからも似たような声が上がっていた。

「おれ、まだゼミのレポート残ってる」

今夜は徹夜だとげんなりする冬馬に、優也は「ご愁傷さま」と笑う。

「ひと足先に夏休み到来だ。って言っても結局毎日バイトなんだけどさ」

「夏は稼ぎ時だもんな」

一瞬の高揚から現実に戻った優也と、苦笑しながら頷き合う。夏休み前恒例のやり取りだ。

これからの二ヶ月間は長期のバイトに加え、単発のバイトもじゃんじゃん入れる。じゃんじゃん稼いでちょっとだけ遊ぶ。それがふたりの夏休みだ。

「夏を制するものは秋以降の生活を制する」

優也の鹿爪らしい台詞に「同感」と頷く。

「早速今度の土曜、引っ越しのバイト入れてあるんだ」

「引っ越しか。おれもやりたいなぁ」

力仕事は割がいい。しかし六日前に胃腸炎でひと晩入院した冬馬の体力は、まだ万全とは言えない状態だった。

「その後体調は？」

「おかげさまで。優也にも心配かけちゃったな。ごめん」

「元気になってよかったよ。もう普通に？」

「うん。なんでも食える」

「でも『杜』には行っていないんだろ？」

「まあ……な」

退院してから『フレンチ・杜』には一度も足を運んでいない。胃腸の具合はほぼ回復したのだけれど、どうしても足を向けることができなかった。

「あれから綿谷さんとは？」

冬馬は首を横に振って俯いた。五日間の予定でニースに行っていると、高柳が知らせてくれた。以前から決まっていた出張で、予定通りなら明日帰国するはずだ。

「連絡は？」

俯いたまま、冬馬はまた首を振った。

退院の朝、入院費について看護師に尋ねると、すでに会計済みだと言われた。冬馬が会計で恥をかかないように、聡史が朝一番で支払いを済ませてくれたのだ。

『立て替えただけだから』

『でも……』

『返せる時に返してくれればいい。妙なところからお金を借りたりしちゃダメだからね』

厳しい声で釘《くぎ》を刺され、頷くしかなかった。返さなくていいと言えば冬馬のプライドが傷つくと思ったのだろう。涙が出るほどありがたかったけれど、その言葉に甘えるしかない自分の不甲斐《ふがい》なさに絶望した。

貧乏は恥ではないと、ずっと自分に言い聞かせてきた。けれどそれはお金がないなりに自立した生活をしているという前提があってのことだ。金銭的なことで他人に迷惑をかけるのはやはり恥ずべきことだろうと思い、ひどく落ち込んだ。

九月には後期の学費の支払いもある。立て替えてもらった治療代を返せるのはしばらく先になりそうだ。申し訳なくて、情けなくて、とても『フレンチ・杜』に行くことはできなかった。

「ったく、何やってんだか」

優也が呆れたように呟いた。

「いいんだ、もう」

「何が」

「綿谷さんのこと」

「またそんなこと言って……」

優也が足を止めた。

「ほんと、俺からしたら意味わかんないんだけど」

冬馬は五歩先で足を止め、仁王立ちの優也を振り返った。

「もう決めたんだ。借りた治療代を返したら、後はもう会わない」

「それ本気で言ってるのか」

「ああ。綿谷さんは本当に素敵な人だよ。気づいたら好きになってた。でも彼女がいる」

「自棄酒呷って救急搬送されるくらい好きなんだろ？　だったら――」

「もう自棄にはなってない。おれなりにあれからいろいろ考えたんだ」

愛しいシルエットを思い浮かべないように、冬馬は青く眩しい空を見上げた。

「神さまかよってくらい人間ができていて、しかもあんなに格好よくて、おまけに社長なんだから、恋人がいない方がおかしいよ」

自分には不釣り合いな人だったと、あらためて思う。

「そもそも綿谷さんはストレートだ。男から告白されても困るだけだろう」

根本的な問題の提起に、優也が「それは……」と瞳を揺らす。

「そうかもしれないけど、でもお前の気持ちはどうなるんだ」

「おれは、これ以上綿谷さんに迷惑かけたくない」

「迷惑だって言われたのかよ」

「綿谷さんがそんなこと言うわけないだろ。でも『迷惑じゃない』と『好き』の間には、高い高い壁があるんだ」

冬馬の気持ちが揺るがないとわかると、優也は諦めたように大きなため息をついた。

「なんか俺、綿谷さんが嫌いになりそう」

「なんでだよ」

「だって、あの人がお前にしてることって、どう考えても親切の域を超えてるだろ。ドライブに誘ったり、夜中に見舞いに来たり。お前が好きになっちゃう気持ち、すげーわかる」

「綿谷さんはおれがゲイだって知らないから、親切を恋愛感情だと勘違いされるなんて夢にも思っていないんだよ」

「それにしてたってさ……」

優也は納得せず、なぜかひどく傷ついたように唇を噛んだ。

「ありがとう。優也」

いつも明るく振舞っているけれど、実は面倒くさい人間だという自覚はある。ウジウジしたりぐるぐるしたり、冬馬の内面は決してドライではない。優也はそんな冬馬の裏側を知っ

ていて、いつも寄り添ってくれる。今度のことだって、優也がいなかったら本当に自棄にな
っていたかもしれない。

「……何が」

「いろいろ」

「いろいろって？」

「いろいろは、いろいろだ」

なんだそれ、と噴き出す優也につられて、冬馬も笑顔になる。ふたたび肩を並べ、キャン
パスを歩いた。

「あーあ、来年の今頃はどっか内定もらえてるといいんだけどなあ」

「そうだな」

「冬馬はカリスマユーチューバーもしくは総理大臣になるんだから、就活はしないんだよ
な？」

ニヤニヤとからかってくる親友の額に、デコピンを喰《く》らわせた。

「するに決まってるだろ。ユーチューバーは、ひとまず副業だ」

自力で病院にもかかれないのでは、夢も何もあったものではない。今度の一件で痛いほど
身に沁みた。

「でも諦めないんだろ？」

「当たり前だ。いつの日か、カリスマユーチューバーに、おれはなる」

「よっ、永遠のガキんちょ」

優也とバカなやり取りをしている時だけは忘れられる。穏やかな笑顔も優しい声も。

『ほらまた赤くなった』

ふわりと緩む口元が脳裏に浮かぶ。

「走る」

「え？　ちょっ、おい」

「自転車置き場まで競走！」

いきなり走り出した冬馬を、優也が追ってくる。

「やっぱお前、脳内小三だわ」

優也の笑い声を背中に聞きながら、冬馬は脳裏の影を振り払うように全力疾走した。


【明日、時間をもらえるかな】

聡史からそのメッセージが届いたのは、試験が終わった翌々日の土曜のことだった。ちょうど優也に【レポート予定より早く上がった。明日遊ぼうぜ】というメッセージを送った直後のことだった。レポート完成のためにバイトを入れずにおいた日曜が丸々空いてしまった冬馬に、親友は【俺は明日もバイト。他を当たれ】とつれない返信をよこした。

——どうしよう。

スマホの向こうに聡史の顔が浮かび、冬馬の心はぐらぐらと揺れた。借りた治療代を返してさようならを告げる。その日まで聡史には会わない。そう決めたばかりなのに。

顔を見てしまったら、きっともっと気持ちが揺らぐ。離れ難くなってしまうだろう。聡史が与えてくれる甘く蕩《とろ》けそうな時間から、抜け出すことができなくなってしまう。

——断ろう。

震える指で返信しようとした時だ。新しいメッセージが届いた。

【海に行かないか】

その七文字が、冬馬の呼吸を止めた。

「海に……」

耳の奥で波の音が聞こえる。そろそろおいでよと誘うように。

唐突に、海が見たいと思った。聡史と一緒に。

——会いたい。綿谷さんに会いたい。

【行きます】

気づけばそう返信していた。

日曜の朝、アパートの階段を駆け下りると聡史の車が停《と》まっていた。窓を開け「やあ」と手を上げる聡史に、冬馬はぎこちなく一礼した。

「体調はどう？」

「おかげさまですっかり」

「よかった」

聡史は頷いて車のエンジンをかけた。出会いから今日まで、似たような会話を一体何度交わしただろう。聡史にはいつも心配ばかりかけている。

「綿谷さんは大丈夫ですか？」

「僕？」

「時差ボケ。フランスに出張だったそうですね」

「高柳くんから聞いたの？」

冬馬は「ええ」と頷く。

「きみが退院した翌々日に発《た》って、一昨日《おととい》帰国したんだ」

「このところとみに忙しそうだって、高柳さんが」

「時差ボケはないから大丈夫。高柳くんとは時々連絡を？」

「たまに……メッセージだけですけど」

体調が戻らないというウそを信じた高柳は、時々心配してメッセージをくれる。よくなったらいつでもおいで。そんなメッセージを読むたび申し訳ない気持ちでいっぱいになった。

「なんだかちょっと妬《や》けるな」

ハンドルを握りながら聡史が呟く。

「え？」

「僕がニースに行っている間に、きみは高柳くんと親交を深めていたなんて」

「親交っていうほどじゃ。高柳さんは単におれの体調を心配してくれて」

「わかっているよ。冗談」

微笑む聡史の横顔は、いつもより少しだけ翳《かげ》りを帯びているように見えた。

――「妬ける」って、今……。

この期に及んで膨れ上がる無意味な「まさか」を嗤う。自分がこんなに諦めの悪い人間だったなんて知らなかった。

一時間ほど走ると、遠くに松林が見えてきた。

「あの向こう側が海だよ」

「海……」

それはトマトと同じくらい、冬馬にとって特別なものだった。

「あ、見えてきた」

ついに海岸線が見えてきた。

「窓を開けてごらん」

促されて窓を開ける。途端にふわりと不思議な匂いを感じた。

「潮の匂いがするでしょ」

「潮の……」

冬馬はそっと目を閉じ、その香りを胸いっぱいに吸い込んだ。

『あと少ししたら海が見えてくるぞ』

父の声が聞こえた気がした。

『海なんて久しぶりだわ』

母の声も。

「これが潮の匂い……」

「海に近づくにつれて、もっと濃くなるよ」

今日、聡史が海に誘ってくれたのは、おそらく以前のドライブで冬馬が行き先を迷ったからだ。自分から持ち掛けた一ヶ月の賭けが終わるまで、ちゃんと面倒を見ようと思っているのだろう。賭《か》けの終わりまで残り三日だ。

いっそお金を返さなければ、ずっと繋がっていられるだろうかとも考えたけれど、聡史のことだから何年経っても返金の連絡などしてこないだろう。どちらにしても、さよならは目前だ。

聡史がしてくれていることは親切の域を超えていると優也は言った。あの時は素直に認めることができなかったけれど、確かにそうかもしれないと今は思う。

行きすぎた親切は、時に残酷だ。

——あのね綿谷さん、おれゲイだから、あんまり優しくすると勘違いしますよ。

最初にそう話していたら、何か変わっていたのだろうか。

「綿谷さん」

「ん？」

「実はおれ、海に来るの、生まれて初めてなんです」

あの日「海に行きたい」という言葉を呑み込んでしまった理由を聡史は知らない。そう思っていた。だから「そうなんだってね」という返事に、大きく目を見開いてしまう。

「おれ、この話しましたっけ？」

冬馬は身を乗り出した。あまりの痛みに朦朧として、病院のベッドで話したことを忘れてしまったのだろうかと思ったが、聡史は前を向いたまま首を横に振った。

「藍沢くんから聞いた」

「優也から？」

「一昨日、彼に会ったんだ」

「なっ……」

なぜ聡史と優也が？　尋ねようとした時、駐車場の入り口が見えてきた。聡史は駐車場の片隅に車を停め、エンジンを切った。

「降りて話そうか」

聡史に促されるまま車を降りる。さっきより潮の匂いの強い海風に、癖のない前髪がさらりと靡《なび》いた。

コンクリート製の堤防の階段を、一段一段上る。半分上ったあたりで波の音が聞こえてきた。ざざー、ざざー、という波音に急《せ》かされ、一気にてっぺんまで駆け上がった。

「うわぁ……」

一瞬、冬馬は呼吸を止める。

「これが、海……」

どこまでもどこまでも、深い青が続いていた。

五歳の夏、生まれて初めて嗅ぐはずだった潮の香り。

両親と三人で見るはずだった水平線のカーブ。

決壊しそうになる感情を、冬馬はぐっと呑み込んだ。

堤防にふたり並んで腰を下ろした。ぶらぶらする足の真下にテトラポットが見えて、なんだかちょっと心許《こころもと》ない。

「優也から連絡があったんですか?」

「いや。僕から連絡した」

一昨日帰国したその足で、聡史は駅の東口にあるコンビニエンスストアを訪ねた。そこで優也がアルバイトをしていると、以前冬馬から聞いていたからだ。

「彼の方も、僕に会いたかったんだそうだ。ちょうど会社を訪ねようと思っていたところだって」

「優也が、綿谷さんに?」

海風に髪を靡かせ聡史が頷く。端正な横顔には、やはり微《かす》かな翳りが宿っていた。

「僕の知らない梁瀬くんのことを、いろいろ教えてくれた」

「……そうですか」

「いい子だね、藍沢くん」

不意の言葉に振り向くと、聡史の目は正面に広がる海に向けられていた。

「あの夜のあれは、あいつの本音じゃありませんからって、藍沢くんは言っていたけど」

「あの時は本当にすみませんでした」

泥酔して『嫌いだ』と連呼したことだろう。みっともない姿を見せてしまっただけでなく、それが原因で聡史の手を煩わせてしまった。思い出すたび髪を掻きむしりたくなる。

「めちゃくちゃ反省しています」

「それについてはもういい。こうして元気になってくれたんだから」

含みのある言い方に、冬馬は首を傾げる。

「きみの口からは否定してくれないんだね。あの時言ったことを」

「あ……」

嫌いだという言葉を否定しないのかと聡史は訊く。冬馬は何も答えられないまま足元のテトラポットに視線を落とした。

「僕はずっと、藍沢くんが羨《うらや》ましかった」

「……え」

「きみに特別な存在だと言ってもらえる彼が、妬《ねた》ましくて仕方がなかった」

『優也はおれにとって特別な存在だから』

ドライブの日、別れ際に放った台詞を聡史は覚えていたのだ。

「僕の知らない梁瀬くんを、藍沢くんはいっぱい知っている。子供の頃に彼がつけたトウリスっていうあだ名を、きみは大人になっても気に入って使っている。夜に突然訪ねてきて気分によって互いの部屋に泊まったり」

「あ、あれは」

「知っている。あの夜藍沢くんはきみの部屋を訪ねていない。本人がそう言っていた」

「…………」

淡々と真実を突きつけられ、冬馬は押し黙るしかなかった。

「額の傷が心配で見舞いに行った時も、きみの部屋にはすでに藍沢くんがいた。救急車を呼んだ時も、きみは」

『最初、優也が来たのかと思いました。あいつが忘れ物でも取りに来たのかと』

病院のベッドでそう口にした時、聡史はどこか沈んだ様子だった。

「僕はずっと、藍沢くんに嫉妬していた」

――嫉妬って……。

冬馬は混乱する。

「嫉妬するあまり、つい『本調子じゃないんだから夜は早めに休め』なんて余計なことを言ってしまって、きみに『自分の体調管理くらいできる』って返されて、かなり落ち込んだよ」

「そんな、あれはおれが」

あの態度はどう考えても冬馬が悪い。

「きみのせいじゃない。僕が勝手にぐるぐるしていただけなんだ」

「ぐるぐるって……」

思いもよらない聡史の内面を知り、冬馬は驚きを隠せない。ぐるぐるするのは自分の専売特許だと思っていたのに。

「友達を見ればその人がわかるってよく言うけど、本当にそうだね。梁瀬くんはいい友達を持っている」

「…………」

「僕はずっと藍沢くんを羨んでいたけれど、嫌いにはなれなかった。だってきみのことをあんなに大切に思ってくれているんだから」

『冬馬を傷つけるようなことをしたら、俺は相手が誰でも容赦しませんから』

一昨日、優也は開口一番そう宣言し、正面から聡史を睨みつけたのだという。

「かけがえのないものって、大概お金では買えない。そう思わない？」

冬馬は黙って頷いた。愛情も友情も、本物のそれはお金で手に入れることなどできない。

家族も、もちろん恋人も。

「きみを運んだ救急病院の先生に言われたよ。大量飲酒の習慣があるわけでもないのに、こんなに胃が荒れているのは、普段からよほどひどい食生活をしているか、相当のストレスを抱えているか、どちらかだろうって」

「…………」

「昼も夜も『杜』で食事をしているんだから、少なくとも半月以上、きみの食生活に大きな問題があったとは思えない。だとしたら原因はストレスってことになる」

聡史はほうっとひとつため息をついた。

「きみが急性胃炎になるほどのストレスを抱えていたのに、僕はなんの役にも立てなかった。

傍にいて、きみを見ていたつもりだったのに」

「それは……」

冬馬は言い訳を呑み込む。なぜならストレスの原因は、他でもない聡史への恋心だったのだから。聡史の心が欲しくて、だけど手に入らなくて、苦しくて、誰にも言えなくて。とうとうあんなことになってしまった。

「自分の無力さが悔しかった」

聡史は眉根を寄せ、小さく唇を噛んだ。

「梁瀬くん」

聡史が向き直る。その瞳に宿る力強い光に、冬馬はハッと息を呑んだ。

「……はい」

「きみが好きだ」

「……っ」

その告白はあまりに不意で、冬馬は瞬《まばた》きも忘れて目を見開いた。

「僕はきみが――梁瀬くんが、好きだ」

聞き間違いかと思ったが、聡史は真《ま》っ直《す》ぐに冬馬を見つめ「好きなんだ」と繰り返した。

「え……っと」

時間差で鼓動が走り出す。初めての海が白昼夢を見せているのだろうか。

「あの夜、僕は『きみが僕を嫌いでも構わない』と言ったけれど、あれはうそだ。本当はきみの『大嫌い』が耳から離れなくてひと晩中ため息ばかりついていた」

一睡もできなかったと、聡史は口元に自嘲の笑みを浮かべた。

「きみは僕のこと、親切だと言ったね」

「……はい」

「今もそう思っている？」

「…………」

冬馬は無言で頷く。

「僕は、親切で自分の店の料理をただで食べさせたり、仕事の時間を調整して出会ったばかりの大学生をドライブに連れていくほどお人好《よ》しじゃない」

「でも、じゃあ、どうして」

「だからきみが好きだからだよ」

冬馬の脳内はかつてないほど混乱していた。

「だって、そんなの、ダメです」

「どうして」

「だって綿谷さんには恋人が」

「菜々美のこと？」

その名前に、冬馬の胸はズンと鈍く痛む。

「やっぱりそうだったんだね」

「やっぱり……？」

「一昨日、藍沢くんに言われたんだ。『恋人がいるのに冬馬にちょっかい出して、気を持たせるようなことするの、やめてもらえませんか』って」

のっけから喧嘩腰の優也に、聡史はきょとんとするしかなかったという。

「僕に恋人？　一体なんの話だろうと、なんの誤解だろうと、最初はわからなかったんだけど、ふと菜々美の存在に思い至った」

「菜々美さんとつき合っているんじゃないんですか」

「菜々美は僕の従妹《いとこ》だよ。苗字は僕と同じ、綿谷だ」

綿谷菜々美は、聡史の父方の従妹だった。ふたつ年下の彼女とは家も近く、幼少期から兄妹のように育ったのだという。

「彼女は大学卒業後、綿谷化学に入社したんだ」

「綿谷化学って……確か綿谷さんのお父さんが社長をしている？」

聡史は「うん」と頷く。息子には背を向けられたが、娘同様に可愛がってきた姪《めい》の菜々美が入社してくれたことを、聡史の父は大層喜んだ。側近が手を焼くほどの頑固者だが、彼女の意見には素直に耳を傾けるのだという。

「菜々美は、この八年間音信不通の僕と父の間に入って、なんとか関係を修復しようとしてくれているんだ」

『ねえ聡兄ちゃん、伯父さんは聡兄ちゃんのやってること、頭から否定しているわけじゃないんだよ。理念も理想も心の中では認めてるけど、ああいう性格だから素直に口に出せないだけなのよ』

会うたびに、菜々美はそう言うのだという。

「彼女のおかげで、とりあえず父の近況を知ることができている」

「でも……」

雨の中、ひとつの傘の下で寄り添うふたりのシルエットが脳裏から消えない。

「でも？」

「相合傘してたから、てっきり」

「相合傘？　――ああ、あれ」

聡史は「見ていたんだね」と口元を緩めた。

「実はあの夜は、菜々美の紹介で新しく取引をすることになった生産者さんと、打ち合わせがあったんだ。那須高原で牧場を経営している方でね」

その牧場主は、菜々美の高校時代の親友の父親だった。あの日が初顔合わせだったため、菜々美に臨席してもらったのだという。

「彼女、うちの会社に来る途中のタクシーに傘を忘れてしまったらしくて、仕方なくああいうことになってしまったんだ。梁瀬くんを誤解させると知っていたら、コンビニで傘を買ったのに」

打ち合わせの後、牧場主と菜々美をそれぞれ予約してあったホテルに送り届け、聡史は自宅マンションへ帰ったのだという。

「打ち合わせの席で牧場主さんが、やはり『テロワール』の経営理念に興味を示しているという知り合いの牧場を紹介してくれてね。早速連絡をしてみると、翌日にでも来てほしいと言われたんだ。善は急げってことで、翌朝菜々美と合流して那須に向かった。ヘリを使ったのは、午後に山形の生産者さんのところへ行く予定があったからだ」

その予定は、冬馬の滑落事故のおかげで流れてしまったのだろう。返す返すも自分は聡史に迷惑ばかりかけている。

「そうだったんですか……でも」

「まだ何か?」

「従兄妹同士って、結婚できますよね」

おずおずと見上げると、聡史は「法律上はね」と微笑んだ。

「でもしない。するつもりもない。彼女もそれはよくわかっている」

『ねえ聡兄ちゃん、私たちこうやって相合傘してたら恋人同士に見えるかな』

『どうだろうな』

『聡兄ちゃんってさ、黙ってたら顔だけはいいから、一緒にいると結構女の子が二度見するんだよね。で、私は睨まれる』

『顔だけって言うな』

『こんな優しそうな顔なのに、中身は稀代《きたい》の頑固者だなんて、残念すぎる』

菜々美は笑いながら、聡史の腕に自分の肩をぶつけ、反動で傘からはみ出した。

『おい、菜々美、ふざけるな。濡《ぬ》れたら風邪ひくぞ』

『えへへ。ちょっとくらい濡れたって平気だよ。ほら、子供の頃、台風の日にわざと傘さずに歩いたりしたじゃない。覚えてない？』

『覚えているに決まってるだろ。ふたりしてお前のお母さんに、めちゃくちゃ怒られた』

『そうだっけ？　それは忘れた』

『あのなあ、お前は本当に昔っから……。これから接待なんだぞ？　頼むからずぶ濡れになるのは勘弁してくれ』

軽く睨むと、菜々美は『へいへい、社長』と小さく舌を出したという。

「子供の頃からおてんばで、今もその延長線上を歩いているような子だけれど、根は優しくていい子だよ。ただ彼女は僕にとって幼馴染《おさななじみ》の従妹だ。それ以上でもそれ以下でもない」

「……これからも、ですか」

「永遠に。なぜなら菜々美は僕の性指向を知っている」

「性……指向？」

「僕の恋愛対象は女性じゃない。同性だから」

一瞬の間の後、冬馬の脳がその意味を理解した。

「じゃ、綿谷さん、えっと、つまり」

聡史が静かに頷く。

「僕は親切なんかじゃない。きみに対しては、最初から下心満載だったんだ」

「下心？」

「忘れたの？　僕は『ドンと来い！　貧乏飯』のトウリスを、以前から知っていたんだよ？　あの日大学のキャンパスできみを助けた時、きみは僕という人間を初めて知ったわけだけど、僕は違う。ずっと前からユーチューバーのトウリスが、気になって仕方がなかった」

聡史は仕事柄、地元の食材に関する情報の収集を怠らない。どこそこで新種の野菜を作り始めたらしい、またどこそこでは珍しい栽培方法を試しているようだ——。そういった情報をいち早くキャッチするために、時間の許す限りネット検索をしている。

ある日いつものように検索をしていると『野菜嫌い系ユーチューバー』というワードに当たった。何気なくその動画チャンネルを視聴してみると、自称野菜嫌いの大学生が、野菜を一切使わない料理——それを料理と呼ぶかどうかは判断に迷うところだが——を、とにかく楽しそうに繰り広げていた。

主な材料はスナック菓子だ。野菜どころか食材と呼べるようなものはほとんど使わず、栄養の〝え〟の字もバランスの〝バ〟の字もまるで考えていないトンデモ料理の連続に、当初の聡史は呆れを通り越して苦笑するしかなかったという。

『いいですか、みなさん。スナック菓子は神食材なんです。ガスも水道も使わずに、袋を破いて口に入れればあら不思議、たちまち幸せになれる。そんな魔法の食べ物なんです』

ハチャメチャな理論も、トウリスの可愛い声で語られると、「うん、よくわからないけど許す」という気分になったという。気づけばトウリスは、聡史の心の真ん中に住み着いていた。

「いつしか僕は、きみの動画がアップされるのを楽しみにするようになっていた。きみの紹介している料理に挑戦してみたこともあった」

「え、マジですか」

「ああ。でも」

聡史は語尾を濁して苦笑する。美味しかったかどうかは、尋ねない方がいいだろう。

「動画を観ながら、この子は本当にこんな食生活をしているのだろうかと心配していた」

「……ですよね」

今ならその気持ちはよくわかる。

「けどそれ以上に、僕はドキドキしていた」

「……え」

「トウリスのちょっと高めの澄んだ声や、きれいな指、形のいい爪、ほっそりとしたバックシルエット、時々ちらっと映る顎のライン——何もかもが、僕の好みのど真ん中だった」

聡史がそんなことを思っていたなんて。驚きと嬉しさで、冬馬は言葉を失《な》くす。

「それだけじゃない。貧乏を笑い飛ばす底抜けの明るさや、ドジッた時のおちゃめな反応も、辛辣《しんらつ》なコメントにも明るく返事をするところも、とにかくトウリスの何もかもが可愛くて仕方がなかった」

聡史は熱っぽく語る。

「それと、トウリスは滅多に『美味しい』って言わないよね」

「そうでしたっけ？」

「無意識だったの？　出来が微妙な時は『まあ食べられなくもないです』、そこそこの時は『わりといけます』とか『悪くないです』。きみが『これめっちゃ美味しい！』って言ったのは、二年間でたったの二回だけだ」

当の冬馬すら覚えていないことを、聡史は驚くほどはっきりと覚えていた。それにしてもチャンネル開設以来、料理の出来に満足したのは二度だけだったという事実に、我ながら唖《あ》然《ぜん》としてしまった。

「だから僕はいつも思っていたんだ。いつかトウリスに会うことがあったら、本当に美味しい料理を食べてもらって、心の底から『美味しい』って言わせたいなって」

そんな思いであのチャンネルを見てくれている人がいたなんて思いもしなかった。

『みなさん、「超美味しい」いただきましたよ』

初めて『フレンチ・杜』を訪れた日、厨房に向かって嬉しそうに報告していた聡史を思い出した。

「去年だったかな、きみは動画の中で『仙台の大学生』だって打ち明けたよね」

「……はい」

「それを聞いて僕がどれほど狂喜したかわかる?」

当初あまり気の進まなかった大学の講師の仕事も、それを知って引き受けることにしたのだという。

「仙台の大学って、他にもありますよね」

「それでもよかった。細い細い糸でも、もしかしたらトウリスと繋がっているかもしれないと思うだけで、気の重い仕事も楽しくなった。本当に会えるなんて思ってもみなかった」

遠のく意識の中でふわりと身体が浮いた。あの時の感覚は今もはっきり覚えている。

「倒れ込んだ学生がトウリスだとわかった時、運命だと思った。思わず天を仰いで神さまに感謝したよ」

「そんな大袈裟《おおげさ》な」

「大袈裟なもんか。心臓の鼓動がきみに伝わってしまわないかと心配になったくらいだ。我を忘れそうなほどドキドキしていたくせに、頭の片隅ではひどく冷静に姑息《こそく》な計算を始めていた。せっかくの出会いを無駄にしたくない。もっときみと親密な関係になりたい。そのためにはどうしたらいいんだろうとね。あの時の僕は本当に必死だった」

ちょっと恥ずかしそうに打ち明ける聡史の横顔を、冬馬は呆然と見つめた。穏やかな笑みの裏側でそんなことを考えていたなんて、俄《にわ》かには信じられなかった。

「それであんな賭けを？」

「うん。今考えるとかなり強引だったよね。いろいろと矛盾してるし」

冬馬は「そんな」と首を振る。

「おれの方こそあの時は、よくわかんないけど、ただ飯が食えてラッキーって」

「普通はそう考えるよ」

「社長だって言うし、上手くいけば県会議員くらい紹介してもらえるかな、とか」

「県会議員？」

カリスマユーチューバーになれなかったら、総理大臣になって年金制度にモノ申してやるとうそぶいて優也の失笑を買った話をすると、案の定聡史は小さく噴き出した。

「笑わないでください。結構本気だったんですから」

「ごめんごめん。でもなんだか梁瀬くんらしいなと思って」

どうやら自分は優也だけでなく聡史の目にも、荒唐無稽な夢を描く小三男児に見えているらしい。

「だったってことは、今は違うの？」

「今は……」

冬馬は俯けていた顔をゆっくり上げた。

本当にいいのだろうか。差し伸べられた手を握っても。大好きな優しい手を。

「別の願いがあります」

海を見つめたまま呟くと、横顔に聡史の視線を感じた。

「聞かせてもらえる？」

冬馬はこくんと頷く。

「綿谷さんの傍にいたいです」

真横で聡史が小さく息を呑むのがわかった。

「地産地消のこと、まだ知らないことだらけですけど、これからいろいろ勉強して、ほんの少しでもいいから綿谷さんの力になれたらいいなって……」

「それが、今の梁瀬くんの願い？」

「はい」

「どうして……」

冬馬は聡史の方を振り向いた。

「綿谷さんが、好きだからです」

「…………」

聡史が言葉を失っている。

大きく見開かれた瞳の中に、泣き出しそうな顔をした自分がいた。

「おれも、好きです。綿谷さんが大好きです。綿谷さん、優也に嫉妬したって言ったけど、おれの方こそずっと菜々美さんに嫉妬して」

聡史の気を引きたくてうそをついた。聡史に認めてもらいたくて野菜の運搬を買って出た。

「あの夜のこと、おれの口から訂正させてください。嫌いだなんて言ったのは、どんなに好きになっても綿谷さんには恋人がいるって思ったからで……振り向いてはもらえないって思ったら、苦しくて、悲しくて、自棄酒を——んっ」

後頭部にふわりと手のひらが宛《あて》がわれ、あっという間に唇を塞がれた。

「……んっ……っ……」

聡史とキスをしている。数秒遅れで脳が理解する。

ドクドクと鼓膜を打つ自分の脈を聞きながら、夢なら醒《さ》めないでと願った。

「……っ……ふっ……」

歯列を割って、聡史の舌が入ってくる。上顎をぬるぬると舐《な》め回され、全身がぞわりと総毛立つ。思わず聡史のシャツの胸を握りしめると、長い腕が背中に回され、ぎゅうっと強く抱きしめられた。

キスの角度が変わるたび、ふたりの唇からくちゅっと水音がする。初めての行為は想像していたよりずっと淫靡《いんび》で、冬馬は聡史に縋りつきながらくらくらと目眩《めまい》を覚えた。

「僕に振り向いてもらえないだって？」

ようやく唇を離し、聡史が囁いた。

「何をどうするとそんなふうに思えるの？　僕は初めからきみのことしか見ていないのに」

打ち明ける声が濡れている。冬馬は首筋まで赤くして俯いた。

「きみが『親切にしてもらって』だとか『迷惑をかけてしまって』だとか口にするたびに、僕はひっそり傷ついていたんだ。全身全霊で『好きだよ』って伝えているつもりだったのに、ちっとも伝わっていないんだなって。やっぱりきみが好きなのは藍沢くんなんだなって」

「違います。あいつは」

「わかってるよ」

『冬馬って、ユーチューブとかやっちゃって、結構へらへらしているように見えますけど、実は人一倍真面目に生きてるんです。どんなに頑張っても過去は変えられない。でも未来は変えられる。だから今日を、今を、あいつは誰より一生懸命生きているんです』

別れ際、優也は聡史にそう言ったという。

「自分たちは複雑な生い立ちのせいで、他人の優しさに慣れていない。だから必要以上にビクビクしたり疑ったりしてしまうことがあるけど、甘え方を知らないだけで決して拒絶しているわけじゃない。あいつを手負いの猫だと思って根気よく口説いてやってほしい――そう言われたよ」

どんなに気丈に振舞っても、多分優也にはわかってしまう。「嫌いだ」「もういいんだ」と繰り返したうそも、優也にはただの強がりだと見抜かれていたのだろう。

「優也のやつ……」

親友の気持ちがありがたくて、胸がいっぱいになる。

「きみに藍沢くんみたいな友達がいてくれたことが、今はとても嬉しい」

「綿谷さん……」

囁く声が鼓膜からじんわりと心に沁みてきて、視界が滲んだ。

「梁瀬くん」

「……はい」

「もうすぐ約束の一ヶ月が終わるね」

「……ええ」

「体調は？」

「ばっちりです。残念ながら」

クスッと笑ったら、涙がひと粒ほろりと頬に落ちた。

「じゃあ勝負は僕の勝ちということで、OK？」

『難しく考えなくてもいい。賭けみたいなものだよ。その代わりきみの体調が改善したら、きみは僕の言うことをひとつだけきく。ね、どうだろう』

あの約束が遠い昔のことのように思える。それほどまでに濃密でかけがえのないひと月だった。

「完敗です」

答えると、聡史は満足そうに深々とひとつ頷いた。

「ではあらためて」

大きな手のひらが、冬馬の頬をそっと挟む。額と額をくっつけて、聡史は告げた。

「僕とつき合ってください」

真摯な言葉が胸の奥まで真っ直ぐ届く。夢を見ているみたいにふわふわするけれど、柔らかな手のひらの感触が、夢なんかじゃないと教えてくれる。

「必ず幸せにするって約束するから」

「こちらこそ、よろしくお願いします――んっ……」

答えを待って、また唇を塞がれた。

潮の香りに包まれながら、長い長いキスを交わした。

どれくらいそうしていただろう、ようやく唇を離すと、聡史は冬馬の頭を大事そうに胸に抱えた。少し汗ばんだシャツから、男っぽい匂いが立ち昇ってくる。くらくらするような匂いを胸いっぱいに吸い込みながら冬馬は尋ねた。

「優也から聞いたんですか？　おれが海を見たことがないって」

聡史が「うん」と頷く。

『冬馬、海を見たこと一度もないらしいんです。連れてってやったらきっと喜ぶと思います』

優也は聡史にそう言ったという。

「それに約束しただろ？　今度ドライブする時は海にって」

『こんなふうにきみとまた、ドライブしたい』

『……ダメ？』

熱っぽい囁きに身体の奥が疼いた。最初に聡史を恋愛対象として意識したのは、多分あの瞬間だった。

「もしかして忘れちゃった？」

「いえ……覚えています」

「藍沢くんのアドバイスがなくても、僕は次のドライブは海へと決めていた」

聡史は「そういえば」と冬馬の頭を抱えていた腕を離した。

「山方面がいいか海方面がいいかって尋ねた時、梁瀬くんちょっと迷ったよね」

海と言いかけて、やっぱり山へと答えたことを、聡史は覚えていた。

「一度も海を見たことがないのなら、せっかく機会が出来たのだから行ってみようと思うんじゃないかな。なのにきみはあえて海を避けた」

「……はい」

「海が嫌いなの？」

「嫌いじゃないです。むしろ――」

【海に行かないか】

昨日、聡史からのメッセージを読んだ時点では、まさか目的地がこの海だとは思わなかった。あの日、冬馬と両親が向かっていた、その場所だとは。

ベランダでトマトの赤ちゃんを見つけた数日後のことだった。

『ねえママ、冬馬、海に行きたい』

冬馬は母のエプロンの紐を引っ張った。仲の良い友達が、先週海へドライブに行ってきたんだと、得意げに話していたからだ。折しもその頃園児たちの間では『マリン戦隊マリンジャー』というテレビ番組が流行《はや》っていて、冬馬も毎週夢中になって観ていた。

『海～？　なんで突然海……あ、わかった、マリンジャーでしょ』

冬馬は『えへへ』と照れ笑いをして頷いた。

『ねー、いいでしょ？　たんぽぽ組で海に行ったことないの、冬馬だけだよ？』

もちろん海に行ったことがないのは冬馬ひとりではなかったのだが、ちょっと話を盛ってでも連れて行ってほしかった。本物の海で、マリンジャー気分を味わいたかった。

『でも海水浴にはまだ早いんじゃない？』

『そうだな。まだ海開きしてないし』

『泳がなくてもいいからぁ。ねーねー、冬馬海に行きたいー』

いつになくしつこく縋るひとり息子に、両親は折れた。

なぜあんなわがままを言ってしまったのだろう。胸に突き刺さったまま生涯抜けることのない棘《とげ》を「後悔」と呼ぶことも、幼い冬馬は知らなかった。

「おれはずっとはしゃいでいました。海が近づいて、さっき見た松林が見えてきて……『あと少ししたら海が見えてくるぞ』って父が言って、『海なんて久しぶりだわ』って母が言って……それが家族三人でいた最後の風景です」

記憶があるのはそこまでだ。目覚めた時は病院のベッドの上だった。

トマトが食べられなくなったのと同じように、幼い冬馬は海が怖くなった。一時期はテレビなどで海の映像が流れるたびに意味もなく怯《おび》えて震えた。気分が悪くなり吐いたこともあった。立派なＰＴＳＤだったのだろうが、病院に行こうと言ってくれる大人はいなかった。

幸い症状は年《とし》を重ねるごとに軽くなり、大学に入学する頃には海を避けたいという気持ちはずいぶん薄らいでいた。最近では、あの日家族で見ることができなかった海原を「いつか見てみたい」と思えるようになっていた。

「そう……そんなことが」

それ以上言葉を紡ぐことができないのか、聡史はそっと目を閉じた。

「この話は今まで誰にも、優也にもしていません。子供の頃、海が苦手だっていう話だけはしましたけど」

「それであの時、海か山かで迷ったんだね」

「……はい」

「何も知らなくて、きみを困らせてしまったね。しかもここが、事故の日に向かっていたまさにその海だったなんて」

「いいんです」

冬馬はふるんと首を振り、弧を描く水平線に目を細めた。

「綿谷さんは偶然だって思ってますよね」

「……違うの？」

「おれは、父と母がここへ導いてくれたような気がします」

「ご両親が？」

冬馬は波間の光に目をやりながら、ゆっくりと立ち上がった。

「山がいいか海がいいかって訊かれた時、最初おれ、『海』って言いかけましたよね」

「……うん」

頷いて聡史も立ち上がる。

「ＰＴＳＤの症状が落ち着いて、海に行ってみたいなって思えるようになった頃、心に決めたことがあるんです。海に向かう途中の事故で両親を亡くして、おれにとって海は特別な場所になりました。恐怖や嫌悪感はなくなっても、特別な場所であることに変わりなかった」

「……うん」

「いつかはきっとと思いながら、ひとりで来る勇気はなくて、だけど大勢でわいわい楽しく海水浴っていう気にもなれなくて」

「……うん」

「時々、堤防に立って海原を見つめる自分の姿を想像しながら、考えていました。初めて海に来る時は、おれの家族になってくれる人と一緒がいいなって」

海か山かと問われた時、ほんの一瞬、聡史となら一緒に海へ行ってもいいと感じた。そんなことを思った自分に驚いて、狼狽《ろうばい》した。

「……家族」

繰り返す聡史に、冬馬は深く頷いた。

辛い思いもたくさんしたけれど、引き取ってくれた親戚や児童養護施設の職員には今も感謝をしている。雨風を凌《しの》ぐ家と食事を与えてくれて、学校にも通わせてくれた。それでも冬馬の中で、真の意味での家族はずっと死んだ父と母だけだった。

辛い時、苦しい時、楽しかった両親との暮らしを思い出して耐えた。年を重ねるごとにふたりのシルエットが曖昧になり、思い出が薄れていくことが悲しくてたまらなかった。

「綿谷さん、本当にいいんですか？」

「何が？」

「おれ、こう見えてかなり重い男ですよ？」

いろいろすっ飛ばしていきなり「家族」なんて言い出したら、ドン引きされた挙句に逃げ出されてもおかしくない。しかし聡史は世にも嬉しそうにその目元を緩めた。

「望むところだよ。梁瀬くんの方こそ本当にいいの？」

「え？」

「こう見えて僕はかなり独占欲の強い男だよ？　ユーチューバーの大学生に一方的に恋をして、偶然彼と出会うや、絶対に逃がしたくない一心から、わけのわからない賭けを持ち出して囲い込んじゃうような男だよ？　料理で膨れたきみのほっぺたに、いつも触りたくてたまらなくて、陰でこっそり身悶《みもだ》えしているような男だよ？」

「おれも、望むところです」

「正直に打ち明ける。病院のベッドで、僕はきみにキスをした」

どさくさに紛れて繰り出された告白に、冬馬は「えっ」と目を剝いた。

「きみにとってファーストキスかもしれないと思ったけど」

「ファーストキスでした」

「本当にごめん。でも、どうしても我慢できなかったんだ」

冬馬はふるんと頭を振る。ファーストキスの相手が聡史で、本当によかったと思う。

「僕はそういう男だ。ドン引きされた挙句逃げ出されても仕方のないようなことを、いくつもしてるんだよ？　それでもいいの？」

真顔で尋ねる聡史が可笑しくて、嬉しくて、笑い出してしまいそうなのに、胸に込み上げてきたのは熱い塊だった。

「あの日家族で見るはずだった海を、こうして綿谷さんと並んで見ることができておれ、今最高に幸せです」

「梁瀬くん……」

聡史の腕が肩に回り、ぐっと抱き寄せられた。

込められた力の強さに、また涙が溢れる。

「これからはもっともっと甘えてほしい」

「もう十分甘えています」

このひと月の間に、一生分甘えたかもしれない。

「まだまだ足りない。もっとわがままをぶつけて、僕を困らせてほしい」

「綿谷さん、まさかのドMですか？」

聡史は「え？」と一瞬驚いた声を上げたが、すぐにクスッと小さく笑った。

「きみに関しては、案外そうかもしれないね」

素直に認める聡史に、冬馬も腹筋を震わせた。

「僕がきみを甘やかしまくっても、逃げ出さないでほしいな」

「逃げません」

「困ったことがあったらなんでも相談してほしい」

「もちろんです」

「胃炎を起こすほどのストレスをひとりで抱え込まないって、約束してほしい」

「はい。ていうか、言うこと聞くのは〝ひとつだけ〟っていう約束でしたよね？」

泣きながら笑い出した冬馬を、聡史は力いっぱい抱きしめた。

「ごめんごめん。でももうひとつだけ」

「なんですか」

「今から家に来ないか」

「綿谷さんの家にですか？」

おずおずと見上げると、爽やかな夏の海に似つかわしくない、とろりと甘い瞳がこちらを見つめていた。

「今夜、泊まっていかないか」

トクン、と鼓動が跳ねる。

「きみがほしい」

――綿谷さん……。

熱のこもった直球が心臓の真ん中を射抜く。冬馬は頬を赤くして「はい」と頷いた。

「よかった。拒否されたらどうしようかと思った」

欲望を見せつけた直後に、ホッとした様子で胸を押さえるから可笑しくなる。

「ダメって言ったらどうするつもりだったんですか」

「地道に説き伏せるつもりだった。それでもダメなら腕に抱えて連行しようかと」

冗談だと思ったのに、聡史は百パーセントの真顔だった。つまるところ冬馬に「NO」の選択権はなかったらしい。

見かけによらず芯の強いこの人が、今日から冬馬の恋人だ。

「僕はきみが思っている以上に、強欲で強引な男だよ」

「みたいですね」

クスクス笑い出した冬馬の唇に、聡史はもう一度甘い口づけをくれた。

地元の有力企業の社長宅だ。さぞかし豪奢《ごうしゃ》な部屋なのだろうと緊張していた冬馬だが、案内された部屋の質素さに、いささか拍子抜けした。特別広くもなく、かといって手狭でもないリビングルームには必要最小限の家具が置かれているだけだった。

生活感の乏しい空間は、よく言えばシンプル。忙しくてなかなか家に帰れない会社員の部屋だと説明されても、なんの疑問も抱《いだ》かないだろう。

「どうしたの？」

きょろきょろと落ち着きなくあたりを見回す冬馬に、聡史は苦笑交じりに尋ねる。

「いえ……」

「社長の部屋にしてはずいぶん質素だなって思ったでしょ」

「いえ、そんな」

ずばりと言い当てられて冬馬は慌てる。それなりに立派な部屋なのだろうと想像してはいたが、何かを期待していたわけではない。聡史の部屋だというだけで、冬馬にとってそこは夢の場所だ。

「会社を立ち上げる前から住んでいるんだ。ひとり暮らしだし、睡眠を取るためだけの場所に、華美なインテリアも美しい眺望も必要ない。あ、そこ、新聞が積んであるから気をつけてね」

見下ろすと足元に古新聞や雑誌などが雑然と積み上げられていた。一分一秒を惜しんで生産者と顔を合わせるためにヘリコプターを導入する一方で、社長らしい暮らしにはまるで執着がない。冬馬が思うより何倍も、聡史はワーカホリックなのかもしれない。

「こっちにおいで」

手を引かれて連れていかれたのは、ベッドルームだった。

「……あ、んっ……」

唇を合わせながら、ゆっくりとベッドに横たえられた。さっきより何倍も甘いキスにうっとりと溺れながら、頭の片隅ではこれから始まるであろう行為を想像する。

キスでさえ聡史が初めてだったのだ。何をどうすればいいのか冬馬には見当もつかない。

「あ、の」

「なあに？」

「シャワーとか、浴びなくていいんでしょうか」

一般論を尋ねたつもりだったのに、聡史はなぜか嬉しそうに口元を緩めた。

「一緒に浴びる？」

「なっ……」

冗談なのか本気なのかもわからないまま、ぶるぶると頭を振る。冬馬の困惑を知ってか知らでか、聡史は「きみは本当に可愛い」とまたキスをくれた。

「あの……」

「まだ何か？」

数センチの距離から見つめられる。心臓がバクバクして、ずっと気になっていたことがどうでもいいことのように思えてきた。

「やっぱりいいです」

「よくない」

ピシャリと言われ、冬馬は「え？」と瞬きする。

「きみは心の奥底に、秘密の工場を持っているからね」

「秘密の工場？」

「誰にも気づかせずにひっそりと不安を増殖させる工場。どんな小さな不安もあっという間に巨大化させるだけでなく、連鎖的に別の不安まで呼び起こすとんでもない工場だ。しかも二十四時間営業、年中無休らしい」

突飛な喩《たと》えだけれど、確かにその通りかもしれない。言い得て妙とはこのことだと、冬馬は苦笑する。

「けど、ほどなく廃業してもらう予定だ。きみの心に芽生えた不安は、大きなものも小さなものも全部僕が取り除いてあげる」

「綿谷さん……」

「だから気になることがあるなら、どんな些細《ささい》なことでもいい、ちゃんと訊いてほしいんだ。わかるね？」

冬馬はこくんと頷いた。

「本当につまらないことなんですけど」

「うん」

「怒らないでくれますか？」

「怒らないよ」

「笑わないでくださいね」

「笑わないよ」

「綿谷さん、こういうの、初めてじゃ……ないんですよね」

部屋に来ないかと誘われた時から尋ねたかった。いや、聡史を好きだと自覚した時からずっと気になっていた。

こんなに大切にしているのにそんなに過去が気になるの？　なんて呆れられたらどうしようとビクビクする冬馬の頬に、聡史は柔らかな唇を当てて囁いた。

「嬉しいな」

「……え」

「過去を気にするくらいには、僕のこと好きになってくれていたんだね」

怒るどころか、聡史は柔らかく微笑んだ。

「正直に答えるね。高校時代にひとり、大学時代にひとり、恋人がいたことがある」

「……そう、ですか」

予想通りの答えだったのに、本人の口から聞けばやはりちょっぴり落ち込む。こんなに素敵な人に三十年以上恋人がいなかったなんて言われたら、そっちの方がうそくさいだろう。頭ではわかっているのに、心がひりっとわがままな痛みを覚えた。

「けどふたりとも、別れてから一度も連絡を取っていない。以前も話したと思うけど、大学を卒業してからは仕事が恋人みたいな毎日だったんだ。きみと出会うまではね」

聡史がふわりと微笑む。

世界で一番の笑顔に、胸の片隅に陣取っていた小さな嫉妬がとろりと溶けていく。

「それに僕の心には、過去を置いておく場所はない」

「……え」

「きみと描く未来で、いっぱいだから」

気障《きざ》な台詞なのに、誠実な口調で語りかけてくるから、胸がじんわり温かくなる。

「過去は変えられないけど、未来のことなら約束できる。こんなに間近で僕の目に映るのは、梁瀬くん、生涯きみひとりだよ」

「綿谷さん……」

ぶわりと涙が溢れた。

なんて優しい人なのだろう。こんな素敵な人に好きだと言ってもらえる自分は、間違いなく世界一の幸せ者だ。

「おれ、も、……綿谷さん、だけ、だから」

しゃくり上げる冬馬に、聡史は「愛してる」と熱っぽく囁いた。

唇が重なる。

「……っ……んっ……」

舌を搦め捕られながらぎゅっと抱きしめられると、胸の奥に甘い波が押し寄せてきて、初めての行為への怯えを消し去っていくのを感じた。

器用な指が、冬馬のシャツのボタンをひとつひとつ外していく。手品のような鮮やかさで冬馬を生まれたままの姿に剝くと、聡史は自ら身に纏っていたものをすべて脱ぎ去った。

——うわ……。

目の前に現れたのは想像していたよりずっと男らしい体軀で、心臓がバクバクと落ち着きなく鳴った。

「っ……やっ……」

男としてはかなり華奢《きゃしゃ》な首から鎖骨のラインを、聡史の指が、舌が滑らかになぞる。ベッドへ連行するまでは強引だったのに、そこに冬馬がいることを確かめるような愛撫《あいぶ》はひどく丁寧で、冬馬は身体の奥から込み上げてくるイケナイ熱とじれじれと闘う。

「……あっ……っ……」

肩へ、胸へ、脇の下へと、熱い舌が這《は》う。触れられたすべての場所に、淫猥《いんわい》な火が点《とも》っていくような気がした。

「……んっ」

感じていることはもうバレているだろう。それでも声を出すのが恥ずかしくて、冬馬は唇を噛んだ。

「声、聞かせてよ」

「やっ……だ」

「恥ずかしいの？」

ふわりと微笑む余裕がちょっぴり憎らしくて、ぎゅっと目を閉じた。そんな冬馬を、聡史は苦笑交じりに見下ろす。

「いいよ。どうせそのうち我慢できなくなるだろうから」

さりげなく恐ろしいことを告げ、聡史は冬馬の胸にふたつ並んだ薄桃色の粒を、ちゅっと強く吸い上げた。

「ああっ……やぁ……」

口を塞ごうとした手を聡史に摑まれ、冬馬は息を乱す。右の粒を甘噛みされながら左の粒を指先でこりこりと弄《いじ》られ、声を抑えるなどという発想すらどこかへ飛んでしまった。

「……そこっ、ダメ……あぁぁ……ん」

涙声で訴えたのに、聡史は「そう？」と取り合ってくれない。

「梁瀬くんの『ダメ』はぞくぞくするね」

「バカ……」

「『バカ』はもっとぞくぞくする」

場違いなドMを発動しながら、聡史は愛撫の手を緩めない。

「あぁあ……ん、やっ……ぁ……」

ねだるような甘ったたるい嬌声《きょうせい》が、自分の喉から発せられたものとは思えなかった。ぷっくりといやらしく勃《た》ち上がった乳首を舌と指で転がされ、冬馬はひっきりなしに湿った喘《あえ》ぎを漏らした。

「もっと声、聞かせて」

「やっ……」

「梁瀬くんの感じてる声、可愛いよ」

そう言って聡史は、冬馬の下半身に視線を落とした。

「こんなに濡らして」

指摘され、冬馬はハッと自分のそこを見やる。

――うわっ……。

淡い叢《くさむら》にほっそりと勃ち上がった欲望は、先端から溢れ出した体液でべっとりと濡れていた。思春期のまま大人になってしまったような頼りない自分のそれが、冬馬はあまり好きではない。けれど聡史はどこかうっとりとした口調で囁くのだった。

「梁瀬くんのここは、とんでもなく可愛いね」

「何言って……ああっ」

くちゅっと音をたて、聡史は冬馬の欲望を口に含んだ。敏感な裏筋を根元から先端へねっとりと舐め回され、冬馬はたまらず細い腰を反らす。

「ひっ……い、やぁ……」

下腹に甘ったるい欲望が集まってくる。

「……あぁ……ダメ……」

眦を濡らして訴えても、卑猥《ひわい》な舌の愛撫は止まらない。

「わ、たや、さっ……もう……」

「イッていいよ」

「で、でもっ……ああっ」

近づいてくる限界に、冬馬は腰を揺らして喘いだ。たまらず頭を振りながら、聡史の髪を掻き乱すと、先端の割れ目に舌先がぐっと挿し込まれた。

「ひっ」

ひりつくような快感が身体を駆け抜けていく。目蓋《まぶた》の裏が白み、冬馬は激しく達した。

「あっ、ひっ、あぁ……っ！」

どくどくと、白濁が精路を通過する。どうかしてしまったのではないかというほど、吐精は長く続いた。

恋愛経験も、もちろん性体験もない。自慰もほんの時々、仕方なくしていただけだ。だから性については淡泊な方だと思っていたけれど、どうやら違ったらしい。

——こんなに感じるなんて……。

聡史と知り合わなければ、身体のどこかにじっと潜んでいた淫《みだ》らな欲望を、きっと一生知ることはなかった。

「いっぱい出たね」

聡史がにっこりと微笑む。汚れた口元を拳で拭う様子に、頬がカアッと熱くなる。

「のっ、飲んじゃったんですか」

目を剝く冬馬に、聡史は「うん」と軽く頷いた。

「梁瀬くんの味がした」

「なっ……」

おれの味ってどんな味？　混乱する冬馬の耳元で聡史は「可愛かったよ」と囁いた。

「もっともっと可愛いきみを見せて？」

そう言って聡史は、冬馬の腰の下に枕を差し入れた。

「えっと、これは……？」

「そうすると少し楽だから」

その言葉の意味を解す前に、双丘の谷間に聡史の指が滑り込んできた。思わずビクリと身体を竦めると、聡史は優しく頬を撫でてくれた。

「無理はさせないつもりだけど、痛かったらちゃんと言ってね」

ああ、これから聡史に抱かれるのだ。聡史と本当にセックスするのだ。

心臓が破裂しそうなほど緊張するけれど、不思議と怖くはなかった。

――綿谷さんになら、何されてもいい。

甘い覚悟をしながら、冬馬は「はい」と頷いた。

「……んっ……あっ……やぁ……」

くちっ、ぬちっと淫猥な水音をたてて、秘めた場所が開かれていく。泣き出しそうなくらい恥ずかしいのに、もっともっと触れてほしいと欲張る自分がいる。

「大丈夫？」

「平気、ですっ……あぁ……」

「苦しい時は、我慢しないで言ってね」

労わる言葉をかけながらも、聡史の指は徐々に深くまで挿入《はい》ってくる。

「あっ……やっ……」

恥ずかしい場所を弄られ、冬馬の先端からはまたいやらしい体液が溢れ出した。激しい羞恥をしかし、快感はいとも簡単に凌駕《りょうが》していく。

「あぁ……っ……やっ、そこ……」

丁寧な指の愛撫で、冬馬の中はいつしかとろとろになっていた。うねるような快感の波に耐え切れなくなりそうで、先を急かす冬馬を、聡史は「泣かせたくないから」と根気よく宥《なだ》めてくれた。

じれったくなるほどの時間をかけて解《ほぐ》されたおかげで、冬馬は痛みを感じることなく聡史を受け入れることができた。

「あ……ぁ……すご、い」

聡史の切っ先で気持ちいのいい場所をぐりぐりと刺激されると、こらえきれず泣き声のような嬌声が上がってしまう。

「ここがいいんだね？」

「やぁ……ぁ、んっ……」

刺激されるたび、応えるように先端から蜜が溢れる。聡史はそれを手のひらに塗《まぶ》し、冬馬の張り詰めた幹を擦り上げた。

「ああ、あっ、ダメ……」

「すごいね。またこんなに硬くなってる」

冬馬の細く白い腰を、聡史はその手のひらで愛おしそうに撫でる。

「言わ、ないでっ……あぁ……ん」

「もう少し、力を抜いてごらん」

気づかないうちに聡史を締めつけていたらしい。

「こ、こう、ですか」

ほんの少しそこを弛緩《しかん》させた途端、ズンッと深いところを抉られた。

「ああっ!」

自分のものとは比較にならない大きさで最奥を突かれ、冬馬は切ない悲鳴を上げる。

「一番奥まで届いたよ」

「一番……奥?」

「うん。やっとひとつになれた」

聡史が端正な顔をくしゃりと歪《ゆが》ませる。その瞳がほんの少し潤んでいることに気づき、冬馬の胸はいっぱいになる。

「動くよ」

「……はい」

深く、浅く、そしてまた深く。最奥を激しく突かれ、内壁をねっとりと抉られ、リズミカルな腰の動きに、冬馬は翻弄《ほんろう》される。

「気持ちいい？」

掠れた声で尋ねられ、冬馬はがくがくと頷いた。

「……綿谷、さっ……ん、は？」

「ん？」

「綿谷、さんも、気持ちいい？」

切れ切れに尋ねると、聡史は目元を緩め「すごくいいよ」と答えた。

淫猥に濡れた声。成熟した雄にだけ許された色気に当てられ、冬馬はまた高まっていく。

「ああ、あっ……あんっ、そこ、いい……」

恥ずかしい場所を貫かれ、冬馬は身も世もなく喘ぐ。少し前の自分なら、こんな姿は誰にも見せたくないと思っただろう。

——でも、綿谷さんになら、いい。

どんなみっともない姿も見せられる。情けない声も聞かせられる。

「……が……きっ」

「何？」

「綿谷さんが、好き……大好き」

快感の波間で朦朧としながら告げると、冬馬の奥で聡史がぐんと容量を増した。

「僕も、梁瀬くんが大好きだよ」

「ああっ……あっ、も、もうっ」

最奥を突かれながら、濡れた幹を擦り上げられ、冬馬は極まっていく。

「で、出ちゃ、いそっ……」

「イッていいよ」

囁く声に導かれ、冬馬は頂に達する。

「い……く……んぁ……あっ！」

声を裏返し、冬馬はドクドクと白濁を吐き出す。

少しして、奥で聡史が弾《はじ》けるのを感じた。

はあ、はあ、と呼吸を乱しながら、汗ばんだ身体が覆いかぶさってくる。しっとりとした体温に抱かれながら、冬馬はひと時意識を手放した。


「梁瀬《やなせ》く～ん！」

遠くで聡史《さとし》の声がする。畝《うね》の谷間にしゃがみ込んでかぶの種を蒔《ま》いていた冬馬《とうま》は、ぴょんと勢いよく立ち上がった。

「綿谷さ～ん、ここです」

麦わら帽子と軍手をつけたまま両手をぶんぶん振ると、聡史も同じように手を振り返しながら、畑の脇道を大股で近づいてきた。

「精が出るね。休み休みにしないと倒れちゃうよ？」

「さっき休憩したから平気です。会議、終わったんですか？」

「ああ。思ったよりスムーズに終わったんで、ちょっと様子を見に来た。はい、これ」

聡史はペットボトルのお茶を差し出した。

「ありがとうございます」

冬馬は軍手を外し、キンキンに冷えたお茶をごくごくと喉に流し込んだ。

仙台市郊外。市内中心部から自転車で三十分ほどの場所にある畑に、この夏冬馬は毎日のように通い詰めている。小松菜、きゅうり、枝豆、オクラにとうもろこし。初心者でも育てやすい野菜が整然と並んだこの畑は、先月聡史からプレゼントされたものだ。

恋人関係になって間もなくのこと。愛を確かめ合ったベッドで、冬馬は聡史にこんな話をした。

『おれ、綿谷さんと出会って、初めて自分が欲しかったものがわかった気がするんです』

電気やガスを止められる心配のない暮らしがしたい。好きなものを好きな時に買える暮らしがしたい。とにかく貧乏に縛られる生活から一日も早く抜け出したい。そう思って生きてきたつもりだったけれど、本当の願いは別のものだったと気づいた。

『前に、カリスマユーチューバーになれなかったら政治家になりたいって話したことがありましたよね』

『うん。総理大臣になって年金改革するんだっけ？』

あらためて聡史の口から聞かされると変な汗が出てしまう。小三かと呆れた優也の気持ちが、今は痛いほどわかる。

『本当はこの国をよくしようとか、そういう崇高な思いなんてまったくなくて、単に貧乏っていう言葉からできるだけ遠くに逃げたかっただけで……浅はかにもほどがありますよね』

『でも、今は違う？』

もちろんです、と冬馬は力強く頷く。無論お金はないよりあった方がいい。けれど幸せをくれるものはお金以外にもたくさんある。大切な人と過ごす何気ない時間が人生にどれほどの潤いをくれるのか。教えてくれたのは、傍らで優しく微笑《ほほえ》む恋人だ。

『これまできみがしてきた苦労を完全にわかってあげることは、きっと僕にはできない。けど百パーセント理解できなくても、そうしようと努力することは無駄じゃない。僕はそう思っている』

『……はい』

『政治の世界には魑魅魍魎《ちみもうりょう》が跋扈《ばっこ》している。良くも悪くもいろいろな種類のお金が飛び交っている世界だ。汚れたお金に触れてしまったら、その手も汚れる。けど土は違う』

『土？』

冬馬がきょとんと首を傾《かし》げると、聡史は『そう、土』と頷《うなず》きながら上半身を起こした。つい さっき縋《すが》ってよがり泣いた厚い胸板が現れ、ポッと頬が熱くなった。

『梁瀬くん、畑をやらないか？』

『畑、ですか』

『土に触れると手は汚れる。けど汚れた分だけ心が洗われていくんだ。収穫した作物を口にすれば、それが血となり肉となり、身体《からだ》の中も洗われる』

『やってみたいとは思いますけど……』

それこそ先立つものがない。困惑する冬馬に、聡史はにっこり微笑んだ。

『郊外に僕が個人的に所有している畑地があるんだ。梁瀬くん、来月誕生日だったよね？』

翌日には現地へ案内された。かくして冬馬は二十一歳の誕生日に三十坪ほどの畑をプレゼントされたのだった。

「それにしても梁瀬くん、ずいぶん日に焼けたね」

畦道《あぜみち》にふたり並んで腰を下ろした。

「ほぼ毎日ここへ来てますから」

一日間《ま》を置いただけで、びっくりするほど野菜が成長していることがある。そんな時は悔しくて、わが子が初めて歩いた瞬間を見逃した親の気持ちが、ちょっぴりわかった気がするのだ。

「腕も太くなりました。ほら」

まだ頼りないけれど、小さな力こぶもできるようになった。聡史は「ずいぶん逞《たくま》しくなったね」と嬉《うれ》しそうに目を細めた。畑仕事の後はお腹《なか》が空《す》いて仕方がない。ご飯を必ずおかわりするようになり、体重も三キロほど増えた。体調ももちろん良好だ。

こんな健康的な夏休みを過ごすことになるなんて、二ヶ月前には想像もできなかった。

「生育状況はどう？」

「おかげさまで。久五郎《きゅうごろう》さんがいろいろ教えてくれるので」

土づくりから道具の扱い方まで、久五郎の教えがなければこれほど順調にはいかなかっただろう。冬馬が畑を始めたことがよほど嬉しかったらしく、時々様子を見にきてはあれこれ世話を焼いてくれる。

「新しいチャンネルの方は？」

「そっちも順調です。おかげさまで来週には初回動画をアップできそうです」

畑を始めた日、冬馬は二年間続けた『ドンと来い！　貧乏飯』の終了を決め、最後の挨拶動画をアップした。

『おれは今でも正真正銘の貧乏大学生です。野菜が大嫌いだったっていうのもうそじゃありません。特にトマトにはトラウマがあって……見るのも辛《つら》かった時期がありました。ところが今から一ヶ月くらい前に、とある幸せな出会いがありまして、そこで野菜の美味しさを知ったんです。うわやばっ、野菜ってこんなに美味《おい》しいんだ！　って、それはもう天と地がひっくり返るくらいの衝撃でした』

初めての顔出し動画だったのでいつもの何倍も緊張して、何度も撮り直しをした。

『さらにありがたいことに、このたび自分の手で野菜を作る機会に恵まれました。本当にねえ、よりによってこのおれが、野菜嫌い系ユーチューバーのトウリスがですよ？　畑で野菜作りとか、今でも信じられないんですけど、今おれ、人生初ってくらいやる気に満ちています。幸せを嚙《か》みしめています。今までこのチャンネルを応援してくださったみなさん、楽しみにしてくださっていたみなさん、本当に申し訳ありません』

冬馬はカメラに向かって深々と頭を下げた。

『もう少しして……無事に収穫できたらですけど、自作の野菜を使った簡単で美味しいレシピを紹介するチャンネルを立ち上げるつもりです。その時はまた、応援よろしくお願いします！　ではではまた会う日まで！』

溢《あふ》れそうになる涙を必死にこらえながら、最後の収録を終えた。

【やだやだトウリスと会えなくなるなんて！　って思ったら、新しいチャンネル始めるんで

すね！　もちろん楽しみに待ってます♥　トウリス……やっぱイケメンだった♥】

【ラストでまさかの顔出し！　想像以上のイケメンで鼻血出ました！　新チャンネルも登録します！】

【トウリスめっちゃ可愛《かわい》い～～♥　ファンになりました】

【野菜嫌い系ユーチューバーから青虫系ユーチューバーへ華麗に転身ですねｗｗ　楽しみにしてまーす】

ひとつひとつのコメントに返信をしながら、涙が止まらなくなってしまった。

聡史のためにも応援してくれる視聴者のためにも、頑張って美味しい野菜をたくさん作ろう。そう心に誓ったのだった。

「でも、本当に大丈夫かな」

何もかも順調だと言っているのに、なぜか聡史は不安げだ。

「大丈夫ですよ。高柳《たかやなぎ》さんにいろいろ教わったので」

『ドンと来い！　貧乏飯』では調理らしい調理はしなかった。怪我《けが》や火傷《やけど》を心配した聡史が、高柳にレクチャーを依頼してくれたのだ。包丁の使い方も覚束《おぼつか》ない冬馬に絶望した様子だった高柳だが、忙しい合間を縫って丁寧に指導してくれた。

「ついでにレシピを作るコツまで教えてもらっちゃって、高柳さんには本当に感謝していま す。あ、そうそうチャンネル名なんですけど『おれが育てた宮城の野菜で簡単美味しい男飯を作ってみた！』ってどうでしょう。さすがにちょっと長いですかね」

「うん……いいんじゃないかな」

聡史は心ここにあらずといった様子だ。そんなに怪我が心配なのだろうか。それともチャンネル名が長すぎるのだろうか。

「大丈夫ですって。高柳さんのスパルタ指導のおかげでおれ、きゅうりの薄切り、めっちゃ上手《うま》くなったんですよ。ちゃんと左手をぐーにしていれば指に刃は当たらないし。千切りとか難しいのはもう少し慣れるまで封印――」

「そうじゃなくて」

畑の方を見つめていた聡史が、くるりと冬馬を向き直った。

「僕は、きみが包丁で手を切ることを心配しているんじゃない」

「え？」

「もっと別の……深刻な懸念を抱いているんだ」

「深刻な懸念？」

冬馬は眉根を寄せた。

――もしかして、あの話かな。

大学三年生の夏は、就職活動がいよいよ本格化する時期だ。多くの学生と同様に、冬馬も真剣に自分の将来について考えていた。

地産地消についてもっと勉強して、少しでもいいから聡史の力になりたい。初めて訪れた海で冬馬はそう告白した。その思いは日を追うごとに大きくなるばかりで、近所のスーパーに入っても、今まで近寄ることすらなかった野菜売り場を素通りできなくなってしまった。色とりどりの野菜が並ぶその場所は、今の冬馬にとってどんなテーマパークより魅力的だ。特に生産者の名前が記された野菜などは、可愛がっている親戚の子供のように思えて、思わず「いい人に食べてもらえよ」と声をかけ、近くにいた人に不気味がられたりもする。

そんな毎日だから、冬馬の志望はもちろん食に係《かか》わる企業だ。第一志望はもちろん『テロワール』。ただ恋人が入社試験を受けることになった社長の気持ちは、さぞかし複雑なものだろうと思う。なにせ公私混同と紙一重なのだから。混乱を招いて聡史に迷惑をかけることだけは避けたかった。

――やっぱり『テロワール』を受けるのはやめようかな……。

悩んでいた冬馬に答えをくれたのは、聡史だった。

『僕は、縁故採用が嫌いだ』

きっぱりとそう告げられ、冬馬はガツンと頭を殴られたような気がした。

『父の会社に入らなかった理由のひとつは、それだった。けど、きみがどんな企業を希望するのかについて、口を出す権利は僕にはない。きみと僕がどんなに深く愛し合っているとしても、就職はまた別の問題だ』

さりげない『愛し合っている』発言に頬を染めながら、冬馬は『はい』と頷いた。

『縁故採用はしない。でも他の学生と同じようにきみを審査することはやぶさかではない。社長が僕であろうとなかろうと、「テロワール」という会社に興味があるのなら、堂々とインターンシップにおいで。僕とつき合っているからといって、自分の将来の選択肢を曲げたり削ったりする必要はまったくないんだからね』

冬馬は俯《うつむ》けていた顔を上げた。

『そもそも僕の一存で学生を選ぶことはできない。毎年他の役員や人事担当者と検討に検討を重ねた上で採用不採用を決定しているんだ。もしもきみよりうちの社にふさわしいと思える学生がいたら、僕は迷わずそちらを推す』

『はい』

『もし残念ながら不採用になったとしても、僕のきみに対する愛情はこれっぽっちも減らない。ちなみにわが社は副業を禁止していないから、ユーチューブを続けても問題ないよ』

慌てなくていいからよく考えてごらん。そう言われたのが、三日前のことだった。

もしかして聡史の気持ちに何かしらの変化があったのだろうか。やっぱり恋人が会社に入ってくるのは問題だと思い始めた、とか……。

不安に表情を硬くする冬馬に、聡史は思いもよらないことを尋ねた。

「顔出しは、決定事項なのかな」

「へ？」

――顔出し？

どうやら深刻な懸念というのは、就職の件ではなかったらしい。

「動画の話だよ。きみがどうしてもそうしたいと言うなら仕方がないことだと、ずっと自分に言い聞かせてきた。きみのチャンネルなんだから、僕が口を出すことではないと」

そういえば『新しいチャンネルは顔出しでやります』と告げた時、聡史は何か言いたそうな顔をしていた。

「でも」と、聡史は縋るような瞳で冬馬の両肩を摑《つか》んだ。

「コメントを読んでいるうちに、だんだん心配になってきたんだ。トウリスくん本当にイケメンですね。想像以上の可愛さにハート鷲《わし》摑みです。ファンクラブがあったら絶対入るのになあ。昨夜トウリスくんの夢を見ました。私も野菜になってトウリスくんにお料理されたいです……」

「綿谷さん、コメント全部読んでるんですか」

目を剝《む》く冬馬に、聡史は憮然《ぶぜん》とした顔で「当たり前だよ」と唇を嚙んだ。

「新チャンネル開設前だというのに、大人気だ」

「そこは喜んでくださいよ。ユーチューバーは人気商売なんですから」

へらんと笑みを浮かべると、聡史は「喜べない」と真顔で言い切った。

「今からでも遅くない。新しいチャンネルも今まで通り顔は隠したままというわけにはいかないのかな」

「無理ですね。ていうかもう顔出しちゃってるし」

「一度だけでこの反響だ。ずっと顔出しでやったら一体どうなることか」

考えただけでゾッとすると、聡史は苦悩の表情を浮かべた。

「綿谷さんは、おれがユーチューブやるの反対なんですか？」

「そうは言っていない。ただ僕は、僕以外の人間が次々ときみの愛らしさに目覚めてしまうのを見ていられないんだ」

「そんな大袈裟《おおげさ》な」

「大袈裟じゃない。きみは自分の姿を鏡で見たことがないの？　きみのチャンネルを料理目的ではなく……つまりその……不埒《ふらち》な目で見ている輩《やから》がたくさんいることに気づくべきだ」

自己紹介ですかと突っ込みたくなる。聡史の方こそ、すれ違う女性たちにもれなく二度見されていることに気づいていないのだろうか。

「お願いだからもう一度考え直してくれないかな」

「ごめんなさい。綿谷さんのお願いでも、そこはちょっと譲れないです」

「わかった。こうしよう。終始仏頂面で料理するんだ。世にも不機嫌そうに」

「こうですか？」

精一杯不機嫌な顔をしてみせたのに、聡史は苦悩の表情を濃くした。

「ううう……困った」

「え？」

「仏頂面も、ものすごく可愛い。きみは結局どんな顔をしても可愛いんだ。本当に困った」

――ダメだこりゃ。

冬馬はドッと嘆息し、半笑いで立ち上がった。

「お茶、ご馳走《ちそう》さまでした」

「まだ続けるの？」

「小松菜の種、今日中に蒔《ま》いちゃいたいんで。できれば人参《にんじん》と玉ねぎも」

「収穫が楽しみだね」

「今からわくわくします」

「僕もわくわくするよ。手伝いたいところだけど、今から山形に出張だ」

ゆっくりと立ち上がった聡史の表情は、いつの間にか社長のそれに戻っていた。

「綿谷さんこそ、身体に気をつけてくださいね」

「ありがとう。来週一日休みが取れそうなんだ」

「本当ですか！」

冬馬は日に焼けた顔をくしゃくしゃにして「やった」とガッツポーズをした。

「久しぶりにどこかに出かけるか、それとも……」

夏だ。レジャーシーズン真っただ中だ。出かける以外の選択肢があるのだろうかと首を傾げる冬馬の耳元で、聡史はちょっぴり照れたように囁《ささや》いた。

「どこにも出かけず朝から晩までベッドでイチャイチャ……という手もある」

「なっ……」

よもやの提案に、ボッと顔が熱くなる。

「どっちにしよう」

「……どっちにしましょう」

「どっちの案も捨てがたいよね」

「……どっちも捨てがたいですね」

鼻の頭を擦《こす》り合わせながら、ふたりでクスクスと笑う。

「来週までに考えておいて」

「はい。考えておきます……んっ……」

抜けるような夏空に、とんびの声が響く。

唇を塞《ふさ》がれながら、冬馬は心の中でもう一度「どっちも捨てがたいな」と呟《つぶや》いた。

溺愛社長は煩悶する

社屋を出た途端、湿度の高い夜の空気がむわりと身体に纏《まと》わりついた。東北・仙台の地とはいえ、九月半ばはまだまだ真夏の余韻の中にある。

「それにしても蒸すな……」

べたつく肌に辟易しながら、聡史《さとし》は家路を急ぐ。フルパワーで残務をこなし、普段より二時間も早く退社したのは他でもない、今夜は部屋で恋人が待っているからだ。

ひょんなことから大学生ユーチューバーだった梁瀬冬馬《やなせとうま》と知り合ったのは、梅雨の気配の残る七月初めのことだった。かねてから彼のファンだった聡史は、天から舞い降りたような偶然に内心狂喜した。この機を逃すものかと決死の覚悟で囲い込み、ようやく恋人関係になってまだひと月半。それなのに週に一度か二度しかデートの時間を作れないのは、正直なところかなり辛い。

原因はわかっている。聡史が忙しすぎるのだ。

ワーカホリック気味だという自覚はあるが、社長の責務は会社が発展するほどに重くなる。この頃ふと、いつもピリピリとしていた父親の横顔を思い出す。仕事が大好きで家族のことなど顧みるつもりもないのだろうと、子供の頃は冷めた目で見ていたけれど、大企業の社長の背負うものの重さを、今はよく理解できる。

とはいえつき合い始めたばかりの恋人に、日々寂しい思いをさせているのではと思うと、焦りと情けなさが同時に込み上げてくる。いっそ呼び寄せて一緒に暮らせばいいのだが、冬馬が簡単に首を縦に振らないであろうことは、聡史が一番わかっている。

冬馬は来春『テロワール』の入社試験を受けるつもりでいる。縁故採用ではなく、他の学生と同じ土俵で戦ってもらうと伝え、冬馬もそれを承知した。彼が正々堂々と正面突破を試みようとしている以上、居住地を一にすることはできない。少なくとも冬馬の就職先が決まるまでは、辛いけれどこのペースでデートを重ねるしかないのだ。

もっと甘えてほしいと思うこともある。しかし場合によっては縁故採用も――などと密かに心を揺らしているのは聡史だけで、冬馬の気持ちは清々《すがすが》しいまでに一貫している。聡史が自分より年嵩《としかさ》であることも、志望企業の社長であることも、決して手札にしようとしない。ある意味頑《かたく》なな生き方の根源に、彼の複雑な生い立ちがあるのだと思うと、胸が痛む瞬間もあるけれど、聡史は冬馬のそういった姿勢を好ましいと思っている。とても清廉だと感じている。

「……と言っても、もうちょっと頻繁に会いたいのが本音なんだけど」

車の運転席に乗り込むなり、冬馬に【今から会社を出ます】とメッセージを送った。

【お疲れさまです。晩ご飯はオムライスにしました】

間髪を容れずに返ってきたメッセージに、思わず口元が緩む。すかさず【楽しみにしているよ】と返事をした。

帰りの遅い聡史を、冬馬はいつも動画の編集をしたり、食事の支度をしたりして待っていてくれる。時々待ちかねて転寝《うたたね》をしている姿を見ると、申し訳ない気持ちでいっぱいになる。一刻も早く帰りたい。スマホを上着の内ポケットにしまった時だ。ブブッと胸に振動が伝わった。もう一度手にすると、ユーチューブからの新着メッセージが届いていた。冬馬が新しい動画を上げたらしい。

本人に会う前にちょっとだけトウリスの顔を拝もうと、聡史はいそいそとスマホをタップする。

『おれが育てた宮城の野菜で簡単美味しい男飯を作ってみた！』

冬馬が新しく始めた料理系チャンネルだ。内容は少々長すぎるタイトルそのまま。トウリスこと冬馬が自分で育てた野菜を使って、誰でも気軽に作れる料理を紹介するというものだ。同じ料理系とはいえ、以前のチャンネル『ドンと来い！　貧乏飯』とは一線を画している。包丁もまな板もろくに使わず、挙句「野菜嫌い系ユーチューバー」などと名乗っていたトウリスが、あろうことか野菜を美味しく食べるチャンネルを始めたのだから、当然離れていった視聴者も少なくはなかった。

しかし冬馬はそこに至った経緯を正直に打ち明け、真摯に謝罪をした。真っ直ぐな気持ちが伝わったのだろう、日増しに応援のコメントが増えていき、新チャンネル『おれが育てた宮城の野菜で簡単美味しい男飯を作ってみた！』は開設二週間で『ドンと来い！　貧乏飯』の登録者数を突破した。

料理の腕前はお世辞にもよいとは言えないが、拙《つたな》い技術で一生懸命に料理を作るトウリスの姿は「トウリスにも作れるのだから自分にできそう」と、視聴者に親近感を抱かせるらしい。危なっかしい場面のある動画の方が、再生回数が伸びるのだから皮肉だ。

——まあ、伸びている理由の一番は、トウリスが顔出しをしたことなんだけど。

冬馬は以前のチャンネルで隠していた顔を、新チャンネルになるのをきっかけに解禁した。畑をイメージして毎回オーバーオール姿で登場するのだが、その愛らしさたるや破壊的で、聡史は夜な夜なだらしなく口元を緩め、いつまでも動画に観入ってしまうのだった。

彼に時間を奪われているのは聡史だけではないらしい。コメントを読んでいると、多くが料理の出来ではなくトウリス本人に寄せられたものだ。オーバーオールがとにかく可愛いです。日焼けしたトウリスも可愛いです。あの台詞が可愛かったです。あの時の仕草が可愛かったです。目が可愛い。口元が可愛い。声が可愛い。後ろ姿が可……。

「どいつもこいつも、『可愛い』ばっかりだ」

どいつやこいつの筆頭が自分だということを棚に上げ、聡史はどっと嘆息する。

『ってことで、本日のメニューは「おれの畑のラタトゥイユ」ですっ』

トウリスは今夜も舌好調だ。

『難しそうな名前ですけど、材料切って鍋にぶっこんでオリーブオイルかけて煮るだけです。包丁の使い方習って二ヶ月のおれでもできちゃう、お手軽料理ですよ。材料は、なすが一本、玉ねぎが半分。あ、小さいのだったら一個使っちゃって大丈夫です。あとはズッキーニが、おっと危ねっ』

トウリスの細く白い手が、キッチンテーブルから転がり落ちそうになったズッキーニを摘まみ上げる。

「梁瀬くんは本当にそそっかしいな」

そこがまた可愛いのだけれど。ニヤニヤと動画を見つめていた聡史は、はたと我に返った。家には本物が待っているのだ。

「トウリスはみんなのものだけど、梁瀬くんは僕だけのものだからな」

誰にともなく牽制の台詞を吐き、聡史はエンジンボタンを押した。

戻ったらふたりでオムライスを食べよう。確か赤ワインがあったはずだ。それからほんのり頬を赤くした冬馬と一緒にシャワーを浴び、そのままベッドへ――。などと冷静に立てた計画が帰宅から十秒で崩壊することを、この時の聡史は知る由もなかった。

「お帰りなさい、綿谷《わたや》さん」

玄関ドアを開けると、リビングから冬馬がひょこっと顔を出した。

「ただいま」

革靴を脱ぐ間に、見えない尻尾をぶんぶん振って冬馬が向かってくる。若く素直な恋人は、四日ぶりに会えた喜びを隠そうともしない。

「お疲れさまでした。お風呂沸かしてあります。先に入りますか？」

「そうだなあ、先に晩ご飯を――」

靴を脱ぎ終えて顔を上げた聡史は、飛び込んできた光景にぎょっと目を剝《む》いた。

「ど……」

突然固まった聡史に、冬馬がきょとんと首を傾げた。

「ど？」

「どうしたの、その格好」

冬馬は最近トレードマークになりつつあるオーバーオールを身に着けていた。たった今車の中で観た動画でも、同じものを身に着けていた。ある意味見慣れたその姿に、絶句するような要素は何もないはずなのだが……。

「これですか？　忙しくて着替える暇がなくて、今日は朝からずっとオーバーオールです」

「ずいぶん、その……涼しそうだね」

「料理してたら汗かいちゃって、Tシャツ脱いじゃいました。超涼しいです」

そう、冬馬はオーバーオール〝しか〟着ていなかったのだ。

下に何も身に着けず、素肌にオーバーオール一着。若干サイズが緩いので、ちょっとでも屈んだら胸の蕾が見えてしまいそうだ。しかもよほど暑かったのか左右の裾をくるくると膝まで捲り上げている。細く白い脛が露わになっていて、聡史の鼓動はさらに跳ね上がる。

　——これはまるで……。

　裸エプロン。

　浮かんできたフレーズのバカバカしさにくらりと目眩を覚え、聡史は眉間に指を当てた。

「ちょ、ちょっと、涼しすぎない？」

「おれ、暑がりだからちょうどいいですけど……やっぱTシャツ着た方がいいですよね」

「いや、そんなことは」

「でも宅配便とか来たら、さすがにこれじゃ……」

　えへへと笑って冬馬は胸当ての部分をパカパカさせてみせる。胸の粒が一瞬ちらりと顔を出して、ドクンと鼓動が跳ねた。

「やっぱりTシャツ着ます」

「あ、暑いんでしょ？　そのままでいいよ」

「でも」

「今日は荷物が届く予定はないから、そのままでいいよ」

　ドキドキしすぎて直視できないくせに、Tシャツを着てしまうのは惜しい。

　目のやり場に困った聡史は、首を回すふりをして天井を見上げた。

「どうかしたんですか、綿谷さん」

「なんでもないよ。ちょっとくたびれただけ」

「じゃあ、お風呂先に入った方がいいですね」

「ああ、そうしようかな」

きみも一緒に、と誘う前に冬馬はくるりと背中を向けてしまう。

「ゆっくり入ってくださいね。その間におれ、オムライスの仕上げをしちゃいます」

「うん……」

思ったより大胆に露出された背中に視線を奪われながら、聡史は「ありがとう」と頷くのがやっとだった。

湯船に首まで浸かる。いつもは一日の疲れがどっと押し寄せてきて眠気を催したりするのだが、今日はなぜか目が冴えている。

——白かったな……背中。

畑仕事を始めてから、冬馬の肌はみるみる健康的な小麦色に染まっていった。しかしそれは顔や腕といった日に当たっている部分だけで、服に覆われているところ——つまり脱がなければ見えない場所は、相変わらず透き通るような白さを保っている。

『ほら、見てください。こ～んなに焼けたんですよ』

無邪気にTシャツの袖を捲り、くっきりと区分けされたラインを見せてくれる時、冬馬はいつも嬉しそうだ。それなりに筋肉がついてきたことが男として喜ばしいらしく、頻繁に力こぶを作ってみせるのだが、聡史の意識はまったく別のところにあった。

身体の一部分が日焼けしたおかげで、元の白さが際立っていることに本人はきっと気づいていない。どこまでもきめ細かく柔らかで、無駄な毛の一本も生えていないつるりとした素肌。指先でそっと触れた時に冬馬が上げるあえかな声が、耳の奥に蘇《よみがえ》る。

「というか、あれはダメだろ」

裸にオーバーオール一枚だけだなんて。ぶつぶつと呟きながら、聡史の脳裏は冬馬の衝撃的な姿に支配されていた。

「しかも惜しげもなく脛まで出して。あれはダメだ。ダメダメ。どう考えても反則だ」

誰が決めたどんなルールに違反したというのか。自分に突っ込みを入れながら聡史はなおも「反則だ」と繰り返す。

「乳首が擦れたりしないのかな」

冬馬は乳首がひどく敏感だ。舌の愛撫を施そうと唇を近づけただけで、「あっ……」と切ない吐息を漏らすほどだ。物慣れないその様子に、聡史はいつもまんまと煽られる。

『……綿谷、さっ……あぁ……』

自覚はないのだろうが、感じている時の冬馬は恐ろしく扇情的だ。恥じらいながらおずおずと背中に手を回すものだから、なけなしの理性が一瞬にして吹っ飛んでしまう。

――まあこの部屋にいる限りあの姿が「他人」の目に触れることはないだろうけど。

そう考え、少し落ち着いたのだが。

「ダメだ。梁瀬くんはユーチューバーなんだ」

そもそもあのオーバーオールは、チャンネル用の衣装として聡史がプレゼントしたものだった。

『なんかこう、サムネだけで「トウリスのチャンネルだ」って認識してもらえる、アイコン的なものがあればいいんだけどなあ……』

新しいチャンネルを始めるに当たって悩んでいた冬馬に、

『衣装を決めてみたら？　制服的な感じで』

そうアドバイスしたのは他でもない、聡史だった。

『あ、それいいですね。でもどんな服がいいだろう』

うんうん唸りながら真剣に悩む横顔は、とびきりキュートだった。

『自分の畑……農業男子……料理……オーソドックスだけど、オーバーオールなんてどう？』

『オーバーオール！　その案、いただいちゃっていいですか？』

パッと目を輝かせる冬馬に、聡史は『もちろん』と頷いた。

『よぉし、新チャンネルの衣装はオーバーオールで決定だ』

『記念すべき一着目は、僕にプレゼントさせてほしいな』

ショッピングに連れ出す口実ができたと、うきうきしながら提案したのに、冬馬は何を勘違いしたのか『大丈夫です』と両手を振った。

『心配しないでください。バイト代で買いますから』

恋人の甘え下手は先刻承知だ。聡史はいつも以上に甘く微笑む。

『そうつれないこと言わないでよ。数少ない僕の楽しみを奪わないでほしいな。ショッピングデート、ずっとしたかったんだ』

『デート……』

頬を赤くして口元を緩めた冬馬を『いいでしょ？』と優しく抱きしめたのだった。

色気の欠片もない〝制服〟を、よもや裸の上に着用するという暴挙に出るとは、あの時は想像もしなかった。小動物のような愛らしい顔をして、冬馬は時に想像の斜め上をいく行動で聡史の度肝を抜く。

そもそもオーバーオールは作業着だ。土や油に塗れて働く男のマストアイテムは、本来色っぽさとは正反対に位置するはずなのだ。スケスケでもヒラヒラでもないそれを、冬馬は世にもけしからんアイテムに変えてしまった。

「まさか、あの格好で動画撮ったりしないだろうな」

浮かんだ懸念に、聡史は今日一番のひどい目眩を覚えた。

トウリスのファンは若い女性が圧倒的に多い。コメントに目を通していても、純粋に彼の動画を楽しんでいることが伝わってくる。基本的に健全なチャンネルなのだが、中にはトウリスが無意識に纏っているある種の危険な雰囲気に、ひっそりと心を奪われている輩が少なからずいるはずだ。そう、かつての自分のように。

――それだけはなんとしても阻止しなくては。

聡史は顎まで湯船に沈みながら、力強く頷く。

宅配業者の前に出ていくにはちょっと心許ないとは感じているようだから、よもやあの格好で動画を撮ったりはしないだろう。けれど万にひとつの危険を回避するために、やんわりと釘を刺しておいた方がいいかもしれない。

――でも……どうやって。

うーむと唸っていると、扉の外から「綿谷さん？」と声がした。

「な、何？」

心臓がドクンと鳴る。思わず声が裏返った。

「なんでもありません。あんまり静かだから、疲れて眠っちゃったのかなって」

オーバーオール問題について、気づけば十五分以上微動だにせず考えていた。

「ごめんごめん、ちょっと考え事をしていて」

「具合が悪いとかじゃないならいいんです。お風呂に入っている時くらい仕事のことは忘れてリラックスしてくださいね」

「ああ、ありがとう」

考え事の中身を知ったら、冬馬はなんと思うだろう。純粋に体調を気遣ってくれている彼に対し、自分の心配ときたら。

ちょっぴり情けなくなり、聡史は火照った顔に苦笑いを浮かべた。


髪を乾かしリビングに向かう。オムライスのいい匂いが廊下にまで漂っていた。

「待たせちゃってごめんね」

「全然。もう出来てるんで、座っててください」

冬馬はスープを温め直しているようだった。せめて配膳を手伝おうとキッチンに入った聡史は、冬馬の姿を見て思わず足を止めた。

「着ちゃったんだ」

「え？」

「シャツ」

そのままでいいと言ったのに、冬馬はオーバーオールの下に白いTシャツを着ていた。

「はい。やっぱりあれはちょっと……」

冬馬は照れたように肩を竦め、傍らの聡史をちらりと見上げた。

「もしかして着ない方がよかったですか？」

「そ、そんなことは」

視線をうろつかせ、聡史は平静を装う。

「でも綿谷さん、今『着ちゃったんだ』って」

「あ……」

装うのも、もはや限界だった。聡史は深呼吸をひとつした後、お玉を手にした冬馬を背中からふわりと抱きしめた。

「ごめんね」

何がと言わなくても、言いたいことは伝わったらしい。

「あの……」

「……ん？」

「さっきの格好……ちょっとエッチでしたか？」

「うん……ちょっとじゃなく、かなりエッチだった」

耳元で囁くと、冬馬の可愛い耳朶《みみたぶ》がみるみる赤く染まっていく。

「すごく衝撃的だった。裸エプロンみたいで」

「なっ……」

「幻滅した？」

冬馬はふるんと頭を振る。

「ただ、綿谷さんの口から、そういう言葉を聞くとは思わなくて」

「僕は聖人君子じゃない。一緒にいる時も離れている時も、心の中はきみのことでいっぱいだ。エッチな妄想だってする」

「綿谷さん……」

腕の中の体温が、ぶわりと一気に上がった。

「でもお願いだから、あの格好をするのは僕の前だけにしてね」

「当たり前です。ていうか綿谷さんの前でならOKなんですか？」

冬馬が首を捩じって尋ねてくる。

「大歓迎だよ」

クスクスと笑いながら唇を重ねた。

「……んっ……ふっ……」

感じやすい恋人は、すぐに吐息を濡らす。そのままベッドに運んでしまおうかと思ったのだが、ふと傍らの皿が目に入った。ふたつならんだオムライスの片方にケチャップで描かれた【LOVE】の文字に、聡史はふっと目元を緩める。

「食べようか」

「……はい」

「あっちには、なんて書くつもり？」

もう一方の、何も描かれていないオムライスを指さすと、冬馬は「綿谷さんに描いてもらおうと思って」と恥ずかしそうに俯いた。

聡史は冷蔵庫からケチャップを取り出すと、器用に【愛】の文字を書き入れた。

「漢字ですか」

「だって梁瀬くん、ケチャップ好きでしょ？」

【ＬＯＶＥ】の倍量以上のケチャップを使った【愛】の文字に、冬馬は「はい」と嬉しそうに頷いた。

あとがき

こんにちは。または初めまして。安曇ひかると申します。このたびは『溺愛社長と美味しい約束』をお手に取っていただきありがとうございました。

今回、攻の聡史の本性がどんどん明るみになっていく過程を書くのがとても楽しかったです。優しく穏やかな紳士かと思いきや、どっこい初めから冬馬をロックオンしていたんですね～、策士ですね～、最終的にはちょっと残念な社長さんでした（笑）　明るい守銭奴の冬馬に振り回されつつ、いちゃいちゃ甘々な毎日を送ってほしいです。

鈴倉温先生、お忙しい中今回もまた素敵なイラストを頂戴し感謝感激です。冬馬のキャララフの脇に添えられていた「ゆうちうば～」の文字にめっちゃ萌えました♥　若干天然気味ではあるけれど包容力抜群の聡史と、ドジっ子だけどいつも前向きな冬馬。思わずイラストのふたりに「幸せになってね」と呟いてしまいました。本当にありがとうございました。

さて私事になりますが、本作は安曇ひかるとして三十作目、ルチル文庫さんからの二十作目という節目の作品となりました。二〇〇八年のデビューから足掛け十三年。長かったようなあっという間だったような十三年でしたが、ここまで書き続けてこられたのも、ひとえに私の拙い作品を手に取り、読んでくださった読者のみなさまのおかげと思っております。この場をお借りし、あらためて感謝申し上げます。本当にありがとうございました。

そんな記念の作品を、地元・仙台の街を舞台に描くことができ感慨無量です。発売日には伯楽星を用意して、ひとり静かに盃を傾けたいと思っております。

末筆になりましたが、最後まで読んでくださった皆さまと本作にかかわってくださったすべての方々に心より感謝、御礼を申し上げます。ありがとうございました。

またどこかでお目にかかれることを祈って。

二〇二一年　十一月

安曇ひかる

✦初出　溺愛社長と美味しい約束……………書き下ろし
溺愛社長は煩悶する…………………書き下ろし

安曇ひかる先生、鈴倉温先生へのお便り、本作品に関するご意見、ご感想などは
〒151-0051 東京都渋谷区千駄ヶ谷 4-9-7
幻冬舎コミックス　ルチル文庫「溺愛社長と美味しい約束」係まで。

幻冬舎ルチル文庫
溺愛社長と美味しい約束

2021年11月20日　第1刷発行

✦著者	安曇ひかる　あずみ ひかる
✦発行人	石原正康
✦発行元	株式会社 幻冬舎コミックス 〒151-0051 東京都渋谷区千駄ヶ谷 4-9-7 電話 03(5411)6431［編集］
✦発売元	株式会社 幻冬舎 〒151-0051 東京都渋谷区千駄ヶ谷 4-9-7 電話 03(5411)6222［営業］ 振替 00120-8-767643
✦印刷・製本所	中央精版印刷株式会社

✦検印廃止

ISBN978-4-344-84953-2　C0193　Printed in Japan